Erster Teil der großen Trilogie

Frank Schmeißer

Die Legende von Drachenhöhe

Plötzlich Drachentöter!

Mit Bildern von Helge Vogt

CARLSEN

Die hängenden Gärten
Eichenfal
Hellwald
ELBLAND
Die neun Türme
Schwarze Erde
Die Weißen Reiter
Dunkelpfuhl
Der unendliche Wald
Reißwasser
Goldenhöhe
Arena
Golden-
berg
DRACHENHÖHE

Steintal
Wasserfälle von Salzen
Sachtwasser
Brodelnder See
Riesengebirge
LAND DES SÜDWINDS
Drachenberg
Aus: „Atlas der Welt“, © Gertrude E. Fisselstick

Inhaltsverzeichnis

Idioten, die gegen Drachen kämpfen

In Gertrude Eleonore Fisselsticks berühmtem „Handbuch zur Bestimmung aller magischen und nichtmagischen Arten“ steht über die Spezies „Mensch“ lediglich:

Strohdumme Idioten, die gegen Drachen kämpfen.

Und:

Schmecken nicht. Nicht mal mit grünen Bohnen.

Was insofern interessant ist, weil die legendäre Gourmetköchin und Hexe Fisselstick selbst der gewöhnlichen Küchenschabe ganze neun begeisterte Seiten widmete, in denen sie die Schönheit und Intelligenz der Schabe bejubelt und gleich fünfzehn Rezepte mitliefert (inklusive „Schabenkompott mit Kirsche“ und „Getrüffelte Schabensuppe mit frisch gehobeltem Goldhamster“).

Hätte Oskar Schafkeller, ein zwölfjähriger aufgeweckter Junge, Fisselsticks Buch gekannt, wäre er empört gewesen, dass sie über den Menschen nur so wenige Worte gefunden hatte. Oskar hätte ihren Beitrag mindestens noch um „todlangweilig“ und „schlafen ständig ein“ ergänzt.

Aber Oskar kannte weder das Buch, das laut der Zeitschrift „Die moderne Hexenküche“ ein schlicht unverzichtbarer Ratgeber für alle magischen Leckermäulchen war, noch hatte er jemals den Namen Gertrude Eleonore Fisselstick gehört. Oskar wusste nicht mal, dass es Hexen überhaupt gab!

Die einzigen hexenähnlichen Wesen, die er kannte, waren seine Mathelehrerin Frau Krause, die ihn auf dem Kieker hatte, und seine Großtante Bettina, die nicht umsonst nur „die verrückte Tante Betti“ genannt wurde. Die schlief übrigens gerade tief und fest. Und lächelte dabei. Wahrscheinlich weil ihr Kopf so bequem auf einem großen, sahnigen Stück Schwarzwälder Kirschtorte lag.

Oskars Opa Paul Schafkeller, der gegenüber von Tante Betti saß, lächelte nicht. Er schnarchte, den Kopf im Nacken, so laut und rasselnd, dass Oskar seine eigenen Gedanken nicht mehr verstehen konnte. Seine Oma Hanne lag mit dem Kopf auf dem Tisch, hatte das Kartenspiel fest umklammert und pustete schlafend eine Kirsche über ihren Teller.

Hin und her.

Hin und her.

Oskar saß da, mit seinen Karten in der Hand, und sah wie hypnotisiert der Kirsche zu, die immer wieder zurückkugelte und, kurz bevor sie in Omas Mund kullerte, wieder von ihr weggepustet wurde.

So ging das jeden Tag. Seit Monaten. So lange dauerte die Partie Canasta bereits, die jeden Nachmittag pünktlich um 15 Uhr fortgesetzt wurde.

Allerdings war Oskar der Einzige, der bislang Karten ausgelegt hatte. Vier Könige gleich vierzig Punkte, um genau zu sein.

„Opa! Du bist dran!"

Keine Reaktion.

„Opa!"

Oskar zupfte seinem Großvater am Ärmel, bis der, „Was? Ist was?" stammelnd, wach wurde.

„Du bist dran", sagte Oskar und Opa begann seine Brille zu suchen.

„Die ist in deinen Haaren.“ Oskar zeigte seinem Opa auf die Stirn.

„Danke“, sagte der, setzte sich die Brille auf, zog in Zeitlupe eine Karte vom Stapel und starrte sie minutenlang an. Oskars Beine begannen vor Ungeduld zu kribbeln. So als würden ihm tausend Ameisen statt Blut durch die Adern rasen.

„Hm“, grübelte Opa. Er steckte die neue Karte zwischen die anderen. Dann nahm er sie wieder raus und starrte sie noch mal ein Weilchen an, bevor er sie wieder an eine andere Stelle seines Kartenfächers sortierte.

„Einen kleinen Moment noch“, sagte Opa und runzelte die Stirn.

Oskar rutschte auf dem Stuhl hin und her. Auf seinen Lippen kauend, beobachtete er, wie der alte Mann im Schneckentempo seine Karten umsteckte.

Und gründlich begutachtete.

Und noch mal umsteckte.

Und dabei die Karten unter den Tisch fallen ließ.

„Hoppla.“

Oskar stöhnte und schob seinen Stuhl nach hinten, um seinem Opa beim Aufsammeln zu helfen. Der lehnte Oskars Hilfsangebot aber schroff ab.

„He! Nicht in meine Karten gucken!“, rief er und tauchte ächzend ab, um seine Karten selbst wieder aufzulesen.

Oskar seufzte leise. Das konnte dauern. Fünf Minuten später rumpelte und rumorte es immer noch unter dem Tisch.

So ging das jeden Nachmittag: Kuchen, Kaffee und Canasta. „Kukaca-Zeit“ nannte es Tante Betti. Kuhflatschen, dachte Oskar. Aus seiner Sicht war Canasta nur ein anderes Wort dafür, still dazusitzen und seinen Großeltern und seiner verrückten Tante Betti beim Mittagsschlaf zuzusehen.

Kann man sich etwas Langweiligeres vorstellen?

Aber das wirklich Traurige daran ist, dass diese tägliche, einschläfernde Canastarunde das Alleraufregendste in Oskars Leben war.

Von Großeltern, Rittern und Zauberern

Wie jedes Kind weiß, sind Großeltern eigentlich nur deshalb auf der Welt, um ihre Enkel und Enkelinnen nach allen Regeln der Kunst zu verwöhnen. Da werden Berge von Süßigkeiten rangekarrt, tolle Ausflüge organisiert und der Nachwuchs zu ordentlich viel Blödsinn ermuntert. Kurz gesagt: Großeltern sind absolut spitze.

Oskar, ein sportlicher Junge mit großem Bewegungsdrang, sah das ganz anders. Denn seine Großeltern waren ganz anders. Aus Sorge, ihr Enkel könne sich eines seiner kostbaren braunen Haare krümmen, hätten sie ihn am liebsten in Watte gepackt und in einem Tresor verstaut.

Oma und Opa Schafkeller waren geradezu besessen davon, dass es alle Welt auf ihren Enkel abgesehen hatte. Und deshalb durfte Oskar –

NICHTS.

Was Oskar natürlich unglaublich schrecklich fand.

Schließlich besuchte er seine Großeltern nicht nur dann und wann am Wochenende, sondern lebte mit ihnen und seiner irren Tante Betti unter einem Dach in Waldende. Waldende war ein kleines, beschauliches Städtchen mit nicht einmal tausend Einwohnern. Es war ein friedlicher Ort, mit einem gelangweilten Polizisten, grenzenlosen Wäldern und klaren Bächen. Wenn man auf den Kirchturm stieg, sah man weit entfernt die Berge aufragen, auf deren Spitze selbst im Sommer immer Schnee lag. Aus dem Gebirge brach ein gewaltiger Fluss hervor, der bei Sturm wild wie ein Meer sein konnte.

Waldende war wie geschaffen für Kinder wie Oskar, die Lust auf Abenteuer hatten und die Welt entdecken wollten. Wie gern war Oskar früher ziellos durchs kleine Städtchen gestromert, hatte dabei ein Eis gelutscht und sich die Sonne auf sein mit Sommersprossen übersätes Gesicht scheinen lassen. Er hatte es geliebt, auf Bäume zu klettern, bis in die höchsten wackeligen Baumkronen hinauf. Und für sein Leben gern war er zusammen mit anderen Kindern durch den Wald gestrolcht, der nur ein paar Schritte von seinem Haus entfernt begann und in dem es Füchse, Rehe und angeblich auch Wölfe gab.

Ja, früher, als er nur zu Besuch bei seinen Großeltern und bei Urgroßtante Betti war, hatte er die Ferien in Waldende immer in vollen Zügen genossen.

Aber das war früher.

Als seine Eltern noch da gewesen waren.

Bevor sie diesen geheimnisvollen Vulkan in der Südsee untersucht hatten. Eine Expedition, von der sie nie zurückkehrten.

Wie mit einem Fingerschnippen hatte sich alles geändert. Was am Tag zuvor noch erlaubt gewesen war, wurde ihm nun strengstens verboten. Der Wald? Verboten. Freunde mit nach Hause bringen? Verboten.

Oskar durfte noch nicht mal mehr den Garten verlassen, der ihr Haus mit einem saftigen Rasen, Gemüsebeeten und Obstbäumen einrahmte. Und das mit den Freunden hatte sich ohnehin bald erledigt. Denn welches zwölfjährige Kind gewinnt schon Freunde, wenn die Großeltern in jeder großen Pause auf dem Schulhof auftauchen, um ihren Enkel zu bewachen? Das ist ja todpeinlich.

Oskar legte seine Karten beiseite. Er gab es auf, seine Verwandtschaft zu wecken. Es war sinnlos. Er stand auf und verließ die schnarchende Kartenrunde, um sich im Garten ein wenig die Beine zu vertreten.

Mit einem Knall fiel die Haustür hinter ihm zu. Oskar blinzelte grummelnd in den grauen Himmel. Von der Sonne war nicht viel zu sehen. Aber immerhin hatte es aufgehört zu regnen. Trotzdem war der Rasen ganz matschig, so dass Oskar für seinen Rundgang auf dem kleinen Weg blieb, um seine Schuhe nicht einzusauen. Der Weg führte einmal ums Haus herum und zum immer verriegelten Tor. Oskar drehte schlecht gelaunt Runde um Runde ums Haus wie ein Rennfahrer. Nur ohne Rennwagen, ohne Spaß und Spannung und mit mürrisch in die Taschen gestopften Händen.

Das Haus, in dem die Schafkellers schon seit Jahrhunderten wohnten, stand im Vergleich zu den hübschen Häusern der Nachbarn etwas nach hinten versetzt. So als schämte es sich, zu hässlich zu sein. Und es war auch wirklich hässlich. Es hatte viel zu wenige und viel zu kleine Fenster. Es war quadratisch wie ein Karton, schmutzgrau gestrichen und wirkte plump wie ein Elefant in der Tanzschule.

„Ich lebe in einem hässlichen verdammten Altenheim voller Verrückter! Einem stinklangweiligen verdammten Gefängnis!", schimpfte Oskar vor sich hin, während er zornig kleine Steinchen durch den Garten kickte. Als Oskar einen murmelgroßen Stein vor sich sah, nahm er Anlauf und schoss ihn wütend in hohem Bogen über die Hecke in Richtung Straße.

„Aua!"

Oskar erschrak und verharrte. Er wagte nicht, sich zu bewegen oder laut zu atmen.

„Wenigstens entschuldigen könntest du dich!", brummte eine tiefe, empörte Stimme.

Oskar biss sich auf die Unterlippe. Was sollte er tun? Abhauen? Weiter starr und lautlos dastehen und hoffen, dass der Fremde einfach abzog? Schließlich hatte er gute Deckung hinter der hohen Hecke …

„Ich habe mit dir gesprochen, Oskar!“, knurrte die tiefe Stimme weiter.

Ups. Das musste ihr Nachbar sein: Dr. Pömpel – ein großer, dicker Mann mit lustigem Schnauzbart.

„Tut mir leid, das wollte ich nicht!“, rief Oskar eilig und lief zur Hecke. Er bog ein paar Äste zur Seite – und erblickte einen völlig Fremden.

Der Mann mit der tiefen Stimme war genauso groß wie Dr. Pömpel, aber ausgesprochen hager. Er hatte einen langen, ungepflegten Vollbart; fast das ganze Gesicht war zugewachsen wie eine dichte Hecke, in der Amseln brüten. Wilde Haarfransen quollen unter seinem Spitzhut hervor.

„Was glotzt du so?“, fragte der Mann unfreundlich und rieb sich die Stirn. Seine kleinen blassen Augen funkelten.

„Nichts, äh … ’schuldigung“, stammelte Oskar und sah verschämt zu Boden. Er wusste, dass es unhöflich war, einen Menschen so anzustarren. Auch wenn der Mensch statt einer Jacke einen grauen Umhang trug und in einer Hose steckte, die so kratzig und schäbig aussah, als hätte man sie aus alten Kartoffelsäcken zusammengenäht. Gehalten wurde die Hose von einem schweren Ledergürtel mit einer silbernen Gürtelschnalle in Form eines Falken.

So einen merkwürdig aussehenden Mann hatte Oskar noch nie gesehen. Nicht mal im Fernsehen.

„Du findest wohl, ich sehe merkwürdig aus", sagte der alte Mann lauernd. Oskar antwortete lieber nicht. Seine Nackenhaare stellten sich auf. Er wich ein Stück zurück.

„Dabei siehst du doch selber bekloppt aus!", sprach der Fremde zornig weiter. Und er hatte Recht. Oskar sah an sich herab. Er trug eine ockerfarbene Stoffhose und ein weißes Hemd mit einem steifen Kragen, der Oskar zu erdrosseln drohte. Über dem Hemd ein dunkelgrünes Cordjackett. Seine Füße steckten in beigen Socken und braunen Schuhen. Und seinen Kopf schmückte eine karierte Schlägermütze, die aussah, als hätte sie ihm ein Vogel auf den Kopf gekackt.

„Meine Tante", flüsterte Oskar nur achselzuckend.

„Was hat deine Tante damit zu tun?", fragte der Alte.

„Sie legt mir jeden Morgen was zum Anziehen raus", sagte Oskar und errötete. Die verrückte Tante Betti war regelrecht besessen davon, Oskars Modeberaterin zu sein. In jungen Jahren war sie eine Weile als T-Shirt-Falterin in der Modewelt unterwegs gewesen, worauf sie bis heute sehr stolz war. Nach der Anprobe drehte sie ihn immer zum Spiegel, seufzte: „Wie ein echter Gentleman!", und gab ihm einen Kuss auf den Kopf. Was Oskar irgendwie mochte.

Nur leider waren die Klamotten, die sie heraussuchte, ungefähr hundert Jahre alt. Und Tante Betti reagierte äußerst empfindlich auf Kritik. Oskar erinnerte sich mit Schrecken an den Morgen zurück, als er sie darauf hingewiesen hatte, dass er kein hellrosa Leinenhemd tragen wolle. Erst brach Tante Betti in Tränen aus, um dann Türen schlagend durchs Haus zu rennen und zu schreien, dass ihr Leben keinen Sinn mehr habe. Einen ganzen Monat behandelte Tante Betti Oskar, als wäre er Luft. Stinkende, vollgefurzte Luft …

„Hallo? Hallo! Oskar!!! Hör auf zu träumen." Der Fremde holte ihn barsch aus seinen Gedanken zurück. Oskar wich erschrocken ein Stück weiter zurück in den Garten.

„Keine Sorge. Ich beiße nicht", sagte der alte Mann und versuchte, freundlich zu lächeln. Was ihm misslang. Sein faltiges Gesicht sah aus, als hätte er gerade mit Genuss ein paar Welpen verspeist.

Trotzdem wurde Oskar neugierig. Wer war der Mann und woher kannte er seinen Namen? Aus Waldende war er nicht. Waldende war ein kleiner Ort, in dem jeder jeden kannte. Selbst wenn man nie den eigenen Garten verließ.

Oskar fasste sich ein Herz. „Sie sind nicht von hier, oder?"

„Nein", sagte der alte Mann. „Ganz und gar nicht. Ich komme von weit her. Aus Drachenhöhe am Goldenberg."

„Drachenhöhe?", fragte Oskar.

„Am Goldenberg. Ja."

„Kenn ich nicht."

„Drachenhöhe am Goldenberg ist das wahrscheinlich

außergewöhnlichste Land, das es gibt! Soll ich dir etwas darüber erzählen?", fragte der Alte. Seine Augen funkelten.

„Warum nicht?", sagte Oskar – er hatte schon lange keine Geschichte mehr erzählt bekommen. Zumindest keine bis zum Ende. Seine Großeltern schliefen immer ein, wenn es spannend wurde.

„Nun gut." Der alte Mann zündete sich eine Stinkepfeife an und blies Dreiecke, Quadrate und kleine Wölkchen in die Luft, die wie Hundehaufen aussahen. „Drachenhöhe am Goldenberg ist das einzige Land auf der Welt, das man nicht zu Fuß und nicht mit dem Auto erreichen kann."

„Ist es eine Insel?" Oskar erntete einen bösen Blick.

„Nein. Und quatsch nicht dazwischen. Ich mag das nicht!", fauchte der Alte.

„'schuldigung", nuschelte Oskar.

Der Fremde atmete durch und sprach weiter. „Nach Drachenhöhe am Goldenberg kann man sich nur wünschen. Denn Drachenhöhe ist ein magisches Land. Genauer gesagt, ist es ein magisches Königreich."

„Wow. Ein magisches Königreich", sagte Oskar und dachte: Der Alte hat sie nicht alle. „Und wer lebt da so? Einhörner?"

„Ja. Es gibt Einhörner. Jede Menge sogar. Die sind eine regelrechte Plage. Pieseln die ganzen Wege voll und machen sich ständig über normale Pferde lustig. Und jetzt hör endlich auf, mich zu unterbrechen."

„'schuldigung", nuschelte Oskar wieder.

Der alte Mann sah ihn streng an, bevor er fortfuhr. „Doch selbstverständlich leben dort nicht nur Einhörner. Es gibt noch viele andere magische Wesen: Elben und Feen, Zwerge und Trolle, Orks und natürlich …", er lächelte bescheiden, „Zauberer."

„Zauberer?", fragte Oskar.

„Zauberer! Und es ist wunderschön dort: Die Berge funkeln schneebedeckt in der Abendsonne wie pures Gold, die Flüsse sind klar wie Bergkristalle und die Seen blau wie der Himmel im Sommer. Und es ist nicht vermessen zu sagen, dass unsere Hauptstadt Goldenhöhe die prächtigste Stadt aller Zeiten ist! Schmucke kleine Häuser aus gebrannten roten Ziegeln schlängeln sich aneinandergekuschelt die hell erleuchteten Gassen entlang. Die Auslagen der Süßwarengeschäfte quellen über. Gasthäuser laden zum Verweilen und Schlemmen ein. Es ist wahrlich ein Paradies."

Oskar sagte nichts. Sein Mund stand offen wie ein Scheunentor. Doch der Alte war längst nicht am Ende. „Und arme Kinder, deren Eltern verschwunden sind und die sich bei ihren Großeltern zu Tode langweilen, sind in Drachenhöhe am Goldenberg ganz besonders willkommen."

Oskar versetzte es einen Stich ins Herz. Wie immer, wenn seine Eltern erwähnt wurden. Seit Ewigkeiten hatte er sich nirgendwo mehr willkommen gefühlt. „Echt?", flüsterte er.

Der alte Mann lächelte und nickte mild. Und es kam noch besser! Als er weitersprach, klang seine Stimme feierlich: „Denn in Drachenhöhe warten wir auf einen ganz besonderen Jungen. Auf den Auserwählten. Die Legende kündet von einem zwölfjährigen Menschenjungen mit Namen Oskar, dessen Eltern in südlichen Gefilden auf dem Feuerspeienden Berg verschollen sind."

Oskar blieb fast die Luft weg. „Der Auserwählte?“, ächzte er. Sein Kopf fuhr Achterbahn. „Das muss ich sein!“, dachte er und: „Das kann nicht sein!“, „Das bin ich. Ganz sicher“ und: „Mach dich nicht lächerlich.“

Oskar fröstelte vor Aufregung. Dann begann er zu schwitzen. Dann wieder Gänsehaut. Konnte es ein anderes Kind auf der Welt geben, das Oskar hieß und dessen Eltern in der Südsee verschwunden waren?

„In Drachenhöhe lieben wir Kinder“, redete der alte Mann nun weiter und sah Oskar eindringlich an. „Sie erleben tolle Abenteuer! Sie werden wie edle Ritter behandelt und bewundert.“

„Edle Ritter. Bewundert. Abenteuer“, stammelte Oskar. Zu ihm sahen die Kinder in der Schule nicht bewundernd auf, sondern eher angewidert auf ihn herab. So wie auf einen gerade eben entdeckten Fußpilz.

„Möchtest du nach Drachenhöhe am Goldenberg? Und diesen langweiligen Mist hinter dir lassen?“, fragte der alte Mann und sah verächtlich auf das schmutzgraue Kastenhaus. „Waldende?“

Mit einem Mal kam Oskar wieder zu sich. „Ich denk drüber nach“, sagte er knapp und senkte den Blick. Der Typ war doch komplett durchgeknallt!

„Einverstanden“, entgegnete der alte Mann und Oskar schaute auf.

Der Fremde war weg.

Oskar sah sich um.

Er war weg!

Hätte Oskar die Ohren gespitzt, hätte er ein kurzes Ploppen hören können. Und hätte er genau hingesehen, hätte er eine kleine Rauchwolke in Form eines Falken entdeckt, der kräftig mit den Flügeln schlug, bis er weit oberhalb von Oskars schmutzgrauem Haus verschwunden war.

Abendessen

Als Oskar das Haus betrat, war der Abendbrottisch bereits gedeckt. Tante Betti saß im Wohnzimmer auf der Couch vor der Glotze und kommentierte lautstark das laufende TV-Programm.

„Dann hättest du ihn nicht heiraten sollen, du dusselige Kuh!“, keifte sie eine Schauspielerin ihrer Lieblingssoap an.

Große Gefühle. Großes Drama. Ein schillerndes, aufregendes Leben. Tante Betti liebte ihre Seifenopern. Ihren ganzen Tag richtete sie danach aus. Morgens zwischen 9 und 14 Uhr und abends zwischen 17 und 19 Uhr gehörte der Fernseher ihr. Und nach dem Abendessen wieder, ab 20 Uhr. Da kam Homeshopping.

Seine Großeltern wurschtelten in der Küche herum, Gläser klirrten, Besteck klapperte. Alles war wie immer. Und irgendwie auch nicht. So viele Gedanken schwirrten durch Oskars Kopf. Ritter. Feen. Zauberer. Drachenhöhe am Goldenberg. Abenteuer.

Der Auserwählte.

Er konnte keinen klaren Gedanken fassen.

Das war doch alles Quatsch! Der alte Mann war einfach nur verrückt. Ein Verrückter. Oskar schüttelte seinen Kopf und grinste breit. Er war veräppelt worden.

Zauberer gab es nicht. Mal abgesehen von denen, die mit ein paar Tricks und einem bescheuerten Hut fünfjährige Zwerge auf Kindergeburtstagen verarschten …

Alles Unsinn. Zwerge. Ob es auch Zwerge in Drachenhöhe am Goldenberg gab? Hatte der alte Mann Zwerge erwähnt? Oskar versuchte sich zu erinnern.

„Geh dir die Hände waschen! Wir essen zu Abend", befahl Oskars Oma, die gerade aus der Küche gekommen war. Sie trug wie immer eine glatt gebügelte weiße Bluse, die in einem schwarzen Rock steckte, der ihr bis zu den Knöcheln reichte. Oskars Oma wirkte wie eine strenge Lehrerin aus alten, schlimmen Zeiten, in denen Schüler für kleine Fehler beim Kopfrechnen von 1 524 595 651,23 × 6 856 843 514,07 mit einem Lineal den Hintern versohlt bekamen.

In der Hand hielt sie eine dampfende Kanne fiesen roten Tee. Der Tee bestand aus einer Mischung von Kräutern, die allesamt ungenießbar waren. Vor allem, wenn man einen Tee aus ihnen braute. Ungenießbar, aber mit sagenhafter, lebensverlängernder Wirkung – zumindest versprach das der auf der Verpackung abgedruckte Mann mit Turban.

Oskar zog folgsam sein Jackett aus, schlüpfte aus den Schuhen und lief ins Badezimmer. Er schloss die Tür hinter sich ab, drehte den Wasserhahn auf und setzte sich auf den Rand der Badewanne. Er hatte keinen Hunger. Sein Magen war schon ohne Abendbrot beschäftigt genug. Mal kribbelte er vor Aufregung, mal fühlte er sich ganz flau an, als würde ihm gleich schlecht werden.

„Hinwünschen", flüsterte Oskar. „Einfach hinwünschen."

Ein Versuch konnte ja nicht schaden. War ja sowieso alles Quatsch.

Aber was, wenn nicht?

Sein Herz hüpfte.

„Alles in Ordnung?", hörte Oskar seine Oma.

Erschrocken zuckte er zusammen und sah auf seine Armbanduhr. Er hatte völlig die Zeit vergessen. Seit fast zwanzig Minuten saß er schon auf der Badewanne!

„Ja! Komme!", rief Oskar.

Am Esstisch schaufelte Opa sich gerade einen Berg saurer Gewürzgurken auf den Teller. Sein Opa liebte Saures. Was wohl auch der Grund dafür war, dass er und Oskars Oma seit sechzig Jahren glücklich verheiratet waren – Oma Hanne war so gut wie immer sauer.

„Tee?", fragte Oma, als Oskar sich setzte.

Oskar hielt ihr wortlos seine Tasse hin. Der Gestank des Tees breitete sich im Raum aus. Wie jeden Abend.

Tante Betti schnitt den trockenen Rand von ihrer Scheibe Brot ab, bestrich ihn mit Schmelzkäse und biss genüsslich hinein. „Wer will?“, mampfte sie und streckte den Brotteig in die Runde. Opa Paul schlug zu.

Oskar hatte keinen Hunger. Kein bisschen.

Er konnte einfach nicht länger an sich halten. „Sagt mal“, meinte Oskar und musste über seine dämliche Frage selbst kichern, „Zauberer, Hexen, Feen und so was gibt’s ja natürlich nicht in echt, oder?“

Tante Betti verschluckte sich und hustete feine Bröckchen Brotkruste über den Tisch. Opa, der gerade mit seiner Gabel nach dem letzten Gürkchen im Glas fischte, erstarrte und Oma ließ die Kanne fallen. Scheppernd krachte sie auf den Tisch. Heißer Tee ergoss sich über die weiße Tischdecke und färbte sie rosa.

„Was redest du da? Jetzt sieh dir an, was du angerichtet hast!“, zeterte seine Oma los, während sie hektisch den Tisch mit ihrer Serviette abtupfte. „Zauberer! So ein Unsinn!“ Sie lachte schrill.

Opa sagte nichts. Er war kalkweiß geworden. Und Tante Betti hustete weiter feine Brotstückchen durchs Esszimmer.

„Und es gibt auch kein Land, das Drachenhöhe am Goldenberg heißt?“

„Selbstverständlich nicht!“, rief Oma. „Wer behauptet denn so was?“

Oskar antwortete nicht. Wenn er den alten Mann erwähnte, würde es Ärger geben. Er durfte ja nicht mit Fremden sprechen. Und den Weg verlassen, wenn der Rasen vom Regen durchweicht war, durfte er auch nicht.

„Niemand. Das habe ich nur aufgeschnappt. In der Schule."

Die Augen von Oskars Oma verengten sich zu Schlitzen. Sie glaubte ihm kein Wort.

Ein paar Sekunden lang sagte niemand etwas.

„Ihr habt also noch nie was von Drachenhöhe am Goldenberg gehört?", hakte Oskar nach.

„Nein!", schrie Opa, ohne Oskar anzusehen. Sein kalkweißes Gesicht färbte sich langsam tomatenrot.

Oskar erstarrte. Sein Großvater war ein strenger Mann, der ihm mit seinen strengen Regeln das Leben vermieste, aber brüllen hatte er ihn noch nie gehört.

Was war hier nur los?

Alles ist besser als das

Kurz vor 20 Uhr verzog sich die verrückte Tante Betti wieder ins Wohnzimmer, um sich ein wenig vor dem Fernseher aufzuregen. „Alles Idioten!", schrie sie, noch bevor der Nachrichtensprecher seine Begrüßung beendet hatte.

Für Oskar bedeutete das: Schlafenszeit. Da konnte er quengeln und betteln, soviel er wollte – spätestens um Viertel nach acht musste seine Hose kalt über dem Stuhl hängen. Darüber sein Hemd, darauf frische Unterwäsche, davor Socken und Schuhe. Fein säuberlich natürlich und so, dass er sich im Dunkeln blitzschnell anziehen und aus dem Haus fliehen konnte. Oskars Opa bestand darauf: „Schließlich weiß man nie, was passiert, wenn es dunkel wird."

Dass alle anderen Kinder noch draußen herumtobten und Spaß hatten, interessierte im Hause Schafkeller niemanden. Oskar zog seinen Schlafanzug an. Er war hellblau und auf seiner Brust löffelte ein dümmlich grinsender Bär mit Brille Honig aus einem großen Topf. Oskar hasste das Ding, aber

Tante Betti hatte ihn höchstpersönlich genäht und war sehr stolz darauf. Oskar brachte es einfach nicht übers Herz, ihn nicht zu tragen.

Normalerweise lag er abends noch lange wach und sah von seinem Bett aus in den Himmel. Wer kann schon einschlafen, wenn einem das Gelächter und Gejohle spielender Nachbarskinder in den Ohren klingelt? Oskar beobachtete dann die vorbeiziehenden Wolken und versuchte, Tiere oder Fabelwesen in ihnen zu erkennen: Drachen, Adler oder Monster, die sich jagten.

An diesem Abend aber blieb ihm nicht mal mehr das. Opa Schafkeller holte die große Leiter aus dem Schuppen, stellte sie gegen die Hauswand, schloss Oskars Fensterläden und verriegelte sie mit einem dicken Vorhängeschloss. Anschließend kam er in Oskars Zimmer und überprüfte sein Werk. Das Fenster ließ sich nicht mehr öffnen. Alles sicher.

Zufrieden sagte er: „Gute Nacht!“, verließ den Raum und schloss die Tür hinter sich ab.

Oskar lag in seinem dunklen Zimmer wie ein Gefangener. Er knipste die Nachttischlampe an und kramte aus dem kleinen Nachtschränkchen ein mit einem Gummiband zusammengehaltenes Päckchen von Briefen hervor. Sie waren alle von seinen Eltern. Das Papier war über die Zeit dünn und schmutzig geworden, so oft hatte Oskar sie aus dem Schränkchen genommen und gelesen.

Die letzten drei Jahre war kein Brief mehr dazugekommen.

Seit Oskar denken konnte, hatte er immer wieder mal ein paar Tage in Waldende verbracht, während seine Eltern, beide Geologen, ihre geliebten Vulkane erforschten. Vor vier Jahren aber waren sie völlig überstürzt zu einer großen Expedition aufgebrochen. Mit drei Koffern und jeder Menge Tränen luden sie Oskar bei seinen Großeltern ab und reisten in die Südsee.

Tag für Tag, egal ob es schneite, regnete oder stürmte, lief Oskar noch vor dem Frühstück zum Briefkasten und wartete auf die Post. Und regelmäßig fischte der Postbote Briefe und Postkarten für Oskar aus seiner Tasche, mit Bildern von weißen Stränden, türkisblauem Meer und bunten Getränken mit Schirmchen drin.

Manchmal hielt sogar ein Paketauto vor ihrem Haus und Oskar durfte ein großes Päckchen in sein Zimmer schleppen. Mit pochendem Herzen riss er die Klebebänder ab und verbrachte Stunden damit, die geheimnisvollen Sachen zu bewundern, die seine Eltern ihm geschickt hatten: Federn exotischer Vögel, handtellergroße Muscheln, Steine, die in der Nacht leuchteten.

Und dann, kurz vor seinem neunten Geburtstag, war auf einmal Schluss damit.

Kein Brief, keine Postkarte, kein Paket mehr – nichts. Viele Monate lang rannte Oskar trotzdem noch jeden Morgen zum Briefkasten und wartete. Aber statt einer Nachricht seiner Eltern hatte der Postbote nur ein trauriges Lächeln für ihn und zog achselzuckend weiter, während Oskar mit hängendem Kopf zum Haus zurück schlich.

Es schien, als habe der Vulkan seine Eltern verschluckt.

Zum millionsten Mal sah sich Oskar nun die Fotos und Postkarten an: endlose Palmenstrände, riesige Schlangen, bunt schillernde Fische und irrwitzige Vögel …

Oskar saugte die Bilder in sich auf. Je mehr er seine Eltern vermisste, umso größer wurde sein Wunsch zu verschwinden. Der Wunsch, das hässliche Haus und die unglaubliche Langeweile einfach hinter sich zu lassen.

„Licht aus, Oskar! Es ist Schlafenszeit!", rief Oma vor der Tür, während draußen die Kinder aus der Nachbarschaft eine weitere Runde Verstecken starteten.

„Eins, zwei, drei, vier, Eckstein! Alles muss versteckt sein! Hinter mir, vor mir, neben mir, da gilt es nicht. Eins, zwei, drei, ich komme!"

Egal, was ihn erwartete – überall war es schöner als hier.

Und war es nicht sowieso für alle das Beste, wenn er einfach verschwand? Sich in Luft auflöste?

Oskar legte die Postkarte beiseite, löschte das Nachtlicht, schloss die Augen und wünschte sich, so fest er konnte, nach Drachenhöhe am Goldenberg.

Ein folgenschwerer Wunsch

„Ich wünsche mich nach Drachenhöhe am Goldenberg! Ich wünsche mich nach Drachenhöhe am Goldenberg! Ich wünsche mich nach Drachenhöhe am Goldenberg!“

Oskar öffnete vorsichtig seine Augen und sah … nichts. Kein Einhorn, keinen Ritter. Es war finster. Oskar hielt die Luft an.

Vorsichtig tastete er seine Umgebung ab – und atmete durch. Alles war wie immer. Er lag immer noch in seinem Bett. Er trug immer noch seinen Schlafanzug und keine Ritterrüstung. Der alte Mann hatte ihn belogen. Ihn veräppelt.

Oskar starrte ins Leere. Ein kleines bisschen war er froh, noch in seinem Bett zu liegen. Andererseits: Nix war's mit Abenteuern, bewundert werden, Ritter sein.

Alles blieb so, wie es war: langweilig.

Oskar drehte sich zur Seite – und riss seine Hand zurück.

Was war das? Da lag jemand neben ihm! Nun hörte er auch ein leises Atmen: hektisch, keuchend.

Oskar verlor die Nerven. Mit einem Schrei sprang er auf. Der Fremde in seinem Bett schrie ebenfalls. Es war ein Junge. Er hatte eine hohe Stimme. Er klang jung. Sehr jung. Vielleicht acht, neun, zehn Jahre alt.

Oskar raste in Richtung Tür. Aber da war keine. Er tatschte die Wände ab, auf der Suche nach einem Lichtschalter. Er fand keinen. Er schrie nach seinen Großeltern, während die Stimme in seinem Bett zu winseln begann. Seine Großeltern kamen nicht.

Für einen Moment überkam Oskar Panik. Warum hörte ihn denn niemand? Er bollerte mit seinen Fäusten gegen die Wand, bis sie so wehtaten, dass ihm Tränen in die Augen schossen, und sackte schließlich erschöpft zu Boden.

Die Tür öffnete sich.

Endlich. Oskar sprang auf.

„Opa!", rief er und verstummte.

Ein riesiger Mann stand in der Tür. Groß und breit quetschte er sich unter den Türrahmen. Größer und breiter als alle Männer, die Oskar jemals gesehen hatte. Und in seiner Hand trug er eine Fackel. Licht fiel ins Zimmer.

Oskar drehte sich um.

Das war nicht sein Zimmer.

Dieser Raum war kahl. Die Wände waren grau und

schmutzig. In der Mitte standen mehrere einfache, aus groben Holzbalken zusammengenagelte Betten. Ansonsten war der Raum leer. Kein Tisch, kein Stuhl, nur Schmutz und Betten. Und in einem der Betten lag ein kleiner Junge. Er sah zart aus, geradezu dürr, mit verwuschelten blonden Haaren, die Augen weit aufgerissen. Er hatte Angst.

Der Riese mit der Fackel stapfte herein. Auf dem Kopf saß ein zerbeulter Metallhelm. Sein nackter Oberkörper war mit strotzenden Muskeln bepackt und von unzähligen Narben übersät. Seine grobe graue Hose sah aus wie die des alten Mannes; an einem breiten Gürtel trug er links ein mächtiges Schwert, rechts einen Dolch.

Doch nicht die Waffen waren der Grund, dass Oskars Hände auf einmal zitterten.

Es waren die Augen. Der Riese hatte keine. Zumindest sah man sie nicht, denn ein Tuch verdeckte sie. Wie beim Blindekuh-Spielen, dachte Oskar – nur dass der Riese nicht zum Spielen aufgelegt war.

„Bruhowuhoohu!", dröhnte er und gab ein paar Zähne frei, die jedes Flusspferd begeistert hätten. Gelb und klobig ragten sie aus seinem Unterkiefer und bildeten dabei eine exakte Miniaturausgabe des Steinkreises von Stonehenge.

Riesige, widerliche Hauer.

Und Oskar schoss nur ein Gedanke durch den Kopf: abhauen!

Er sah sich um. Das Zimmer hatte keine Fenster und keine weitere Tür. Also vorbeihuschen?

Der Riese grunzte. Oskar zuckte zusammen. Nein, er war zwar flink, aber das traute er sich einfach nicht.

Oskar tat, was er in der Schule gelernt hatte. Er rührte sich nicht vom Fleck und lächelte. So, als wäre alles supidupi und er voll auf der Höhe.

Das war eine gute Entscheidung. Denn wie man in Fisselsticks „Handbuch zur Bestimmung aller magischen und nichtmagischen Arten“ nachlesen kann, sollte man bei Kerkerriesen – und solch einem stand Oskar gegenüber – keine Faxen machen. Kerkerriesen verstehen keinen Spaß, neigen dafür aber zu rasenden Wutanfällen. So in etwa wie Oskars Mathelehrerin Frau Krause.

„Bööööh!“, dröhnte der Riese wieder und zeigte auf den kleinen Jungen, der sich inzwischen die Decke über den Kopf gezogen hatte. Das ganze Bett zitterte, so sehr schlotterte der Junge vor Angst.

In Oskar kroch die Furcht hoch, dass er sich vertan haben könnte. Hatte er sich verwünscht? War er nicht in Drachenhöhe gelandet, sondern irgendwo anders? Wie ein weithin bewunderter edler Ritter fühlte er sich gerade gar nicht.

„Na, na, na! Brock! Warum so grantig? So begrüßt man doch keine Gäste!“, erklang eine helle, samtige Stimme, gefolgt von einem Kichern: „So macht man ihnen Angst!“

Ein kleiner Mann, nur zwei Köpfe größer als Oskar, erschien in der Tür. Er trug einen weißen Anzug, der mit Edelsteinen besetzt war und mit den weißen Zähnen und den listigen Äuglein um die Wette funkelte. Auf seinem Kopf wuchsen schlohweiße Locken, die nur mühsam von goldenen Spangen zusammengehalten wurden. In der Hand hielt er einen weißen Stab, an dessen Spitze ein großer grüner Edelstein glitzerte. Der Stab war fast so groß wie der kleine Mann selbst und anscheinend zum Rumwirbeln gedacht. Denn das tat der kleine Mann, während er von einem Ohr zum anderen grinste: Er wirbelte mit dem Stab herum. Mit ausgebreiteten Armen und großen Schritten stolzierte er ins Zimmer, das in seiner Schäbigkeit so gar nicht zum Auftritt des Mannes passte.

„Herzlich willkommen in Drachenhöhe am Goldenberg, ihr edlen Ritter!", jubelte der kleine Mann und Oskars Angst verkroch sich langsam wieder. „Wie ihr sicher ahnt, bin ich der berühmte, einmalige, unverwechselbare Tychooo Strahllockeee! Seines Zeichens Zeremonienmeister Ihrer Majestät, der Königin von Drachenhöhe!"

Tycho Strahllocke sah erwartungsvoll in die Runde.

Oskar guckte ihn verdutzt an.

Der kleine Junge schaute mit offenem Mund über seinem Bettdeckenrand hervor und zog sich die Decke im nächsten Moment wieder über den Kopf.

Das Lächeln des Zeremonienmeisters erfror.

„Ich hatte Applaus erwartet", sagte er etwas eingeschnappt. „Aber gut. Ihr seid wohl noch zu überwältigt, mich zu sehen." Tycho kniff dem völlig überrumpelten Oskar in die Wange, dann wirbelte er blitzschnell herum und wandte sich dem blonden Haarschopf des kleinen Jungen zu. „Und was ist mit unserem heldenhaften Jungritter hier?" Mit zwei großen Schritten war Tycho am Bett und riss die Decke weg. „Herzlich willkommen, kleiner Ritter!"

Der kleine Junge wimmerte, traute sich kaum, die Augen zu öffnen.

„Brock! Hinstellen, bitte!", sagte Tycho und der Riese setzte sich grunzend in Bewegung. Er packte den Kleinen, der sich zu einer Kugel zusammengekauert hatte und in seinen rot-weißen Klamotten ein wenig wie ein Überraschungsei aussah, und stellte ihn neben Oskar. Dem Kleinen gaben gleich die Knie nach. Oskar fasste ihn schnell unter und hielt ihn aufrecht.

„Geht's?", fragte er. Der Junge nickte nur. Seine grünen Augen sahen Oskar dankbar an. Tycho marschierte vor den beiden Jungs auf und ab und betrachtete sie.

„Wie ihr wisst, bin ich nicht nur der Zeremonienmeister der Königin, sondern auch – und ich sage das in aller Bescheidenheit …", sagte er sehr unbescheiden, „… der beste Ritter-Namensgeber Ihrer Majestät seit Jahrhunderten!"

„Namensgeber?", fragte Oskar.

„Natürlich. Für Ritter. Ihr seid jetzt Drachenritter. Und Drachenritter bekommen einen neuen Namen. Einen coolen Ritternamen", erklärte Tycho. Einen coolen Namen verpasst zu bekommen, fand Oskar spitze. Denn Schafkeller war allenfalls mittel- bis gar nicht cool.

Tycho platzierte sich vor dem kleinen Jungen. „Du heißt ab sofort … hmhmhm…" Er grübelte. „Du bist klein und wendig. Kannst du mit Messern umgehen?"

„Ich schmier mein Pausenbrot selber", antwortete der kleine Junge leise, aber stolz.

„Gut. Guuuuut", sagte Tycho zufrieden und rief mit großer Geste: „Du bist: Drachenritter Flinke Klinge, der Furchtlose!"

„Ich heiße aber Florian."

„Jetzt nicht mehr", sagte Tycho knapp.

„Manche nennen mich auch Flo."

„Ich nicht", sagte Tycho und wandte sich Oskar zu. Er musterte ihn. Gründlich. Von oben bis unten. Von vorne bis hinten. Oskar bemühte sich, möglichst gerade dazustehen und stark auszusehen. Drachenritter Killer King klang doch zum Beispiel ganz gut, oder?

„Und du bist …", sagte Tycho und drehte sich immer schneller im Kreise, bevor er mit den Worten stoppte: „Drachenritter Honigbärchen!"

„Waaas?“, entfuhr es Oskar und er verfluchte Tante Betti und seine eigene Blödheit, sich in einem Schlafanzug mit einem Honig schlemmenden Bärchen drauf nach Drachenhöhe gewünscht zu haben.

„Wieder kein Applaus?“, sagte Tycho beleidigt.

„Steht das mit den Namen jetzt fest oder kann man da noch mal drüber reden?“, fragte Oskar.

„Steht fest! Ich diskutiere doch nicht mit Trotteln, die ohne Schuhe verreisen. So, und jetzt mitkommen!“, blaffte Tycho ihn an und ging los. Die Jungen folgten ihm.

Sie liefen durch unzählige Gänge, die grob aus dem Fels gehauen waren. Alle paar Meter funzelten kleine Fackeln etwas Licht. Sie liefen nach links, stiegen Steintreppen hinauf, tapsten durch eine Höhle und stiegen eine andere Treppe wieder hinab, öffneten schwere Eisentüren und sprangen über Felsspalten, die so tief waren, dass man ihr Ende nicht sehen und das hinabtropfende Wasser nicht aufplatschen hören konnte. Der Zeremonienmeister Tycho Strahllocke stolzierte mit wirbelndem Stab vorneweg, dahinter versuchten die Ritter Flinke Klinge und Honigbärchen, Schritt zu halten, und am Ende des Trupps stapfte Brock, der Kerkerriese.

Oskar hatte so viele Fragen. Wo waren sie? Wohin führte sie Tycho, der Zeremonienmeister? Was zum Teufel war ein Zeremonienmeister?

Die Hexe Fisselstick schreibt über Zeremonienmeister Folgendes:

Ein Zeremonienmeister ist nervig, aber nötig. Er wird immer aus dem Volk der Lichtelben gewählt. Die Abstimmung findet folgendermaßen statt: Jeder Lichtelb gibt eine Stimme ab, indem er den Namen seines Kandidaten auf ein kleines gelbes Stück Papier schreibt und in die Wahlurne wirft. Da Lichtelben

allesamt extrem eitel und selbstverliebt sind, wird ein Lichtelb niemals für jemand anderen als für sich selbst abstimmen. Jeder kriegt also genau eine Stimme. Und weil sich daher eine Auszählung der Stimmen nicht lohnt, wirft man die gefüllte Urne einfach ins Feuer und prügelt sich anschließend so lange, bis der Sieger und damit der neue Zeremonienmeister feststeht.

Zeremonienmeister ist ein Beruf auf Lebenszeit, wobei der Tod bei einer launischen Königin schneller eintreten kann als erwartet. Zu seinen Aufgaben gehört es, das Publikum zu unterhalten und die Königin allzeit zu amüsieren. Deshalb kümmert er sich um alle wichtigen Veranstaltungen: vom privaten Frühstück mit Staatsgästen bis hin zu großen Feierlichkeiten wie dem alljährlichen Brennnessel-Wettessen oder Sportveranstaltungen wie den Drachenkämpfen.

Die Funktion und der Einfluss eines Zeremonienmeisters am Hofe sollten nicht unterschätzt werden. Aus diesem Grund ist von der Zubereitung von Zeremonienmeistern abzuraten. Auch wenn sie hervorragend zu grünen Bohnen schmecken.

„Herr Strahllocke?“, rief Oskar, der endlich Antworten wollte.

„Hmmjaaah?“, fragte der, ohne sich umzudrehen oder sein Schritttempo zu verringern.

„Wo sind wir?“

„In den Minen, du Dummerchen!“, antwortete der Zeremonienmeister. „In den alten Goldminen von Goldenhöhe. Die Frage sollte eher lauten: Wo gehen wir hin?“

„Okay“, sagte Oskar und fragte: „Wo gehen wir hin?“

„Verrat ich nicht.“ Der Zeremonienmeister grinste. „Das wirst du schon sehen, Honigbärchen.“

Da war es wieder. Das schlimme Wort.

Den Namen musste er unbedingt so schnell wie möglich loswerden, bevor ihn zu viele kannten. Man weiß ja, einen Spitznamen wird man nicht mehr los, wenn er erst einmal verbreitet ist. Fragt mal Leon „Furzhose“ Möller aus Oskars Klasse. Der kann euch ein Liedchen davon singen.

„Ich kann übrigens super mit dem Bogen schießen und bin schnell wie ein Blitz“, meldete sich Oskar also mit zwei Lügen zu Wort. „Drachenritter Flash Star wäre ein besserer Name, finde ich.“ Tycho stapfte ungerührt weiter.

„Vor allem, weil ich kein Bärchen bin, sondern ein Junge“, erklärte Oskar geduldig und versuchte aufzuholen.

Der Stab wirbelte durch die Luft. Hörte ihm der Zeremonienmeister überhaupt zu?

„Und übrigens mag ich gar keinen Honig!“, rief Oskar ihm in den Rücken, was schon wieder glatt gelogen war. Oskar liebte Honig, besonders auf einem frischen, gebutterten Brötchen.

Tycho ging sogar noch schneller.

„Außerdem bin ich der Auserwählte!“, schrie Oskar sauer und stampfte mit dem Fuß auf.

Tycho blieb abrupt stehen und drehte sich um.

Er glotzte Oskar an.

Der ergriff seine Chance. „Ja.“ Oskar nickte feierlich. „Ich bin Oskar. Und meine Eltern sind in südlichen Gefilden verschwunden“, sagte er triumphierend.

Der Zeremonienmeister lachte. Aber anders, als Oskar es erwartet hatte. Keineswegs begeistert oder erleichtert nämlich, dass endlich der Auserwählte erschienen war, der Drachenhöhe wieder in strahlende Zeiten führen würde …

Nein. Er zeigte mit dem Finger auf Oskar und dann grölte er los, dass er sich fast in die weißen Hosen gemacht hätte. Er krümmte sich vor Lachen. Japste nach Luft.

„Das ist wahr!“, schrie Oskar. „Der alte Mann hat es mir …“

„Der alte Mann … hihihihehehe …“ Tycho giggelte und japste und kicherte und rang nach Worten. „Der alte Mann ist ein Zauberer und hat dich verarscht! Zauberer lügen immer, wenn sie sich davon was versprechen. Hey, Flinke Klinge, was hat der alte Mann dir erzählt?“

Drachenritter Flinke Klinge alias Florian trat aus dem Schatten des Riesen. Mit dünner Stimme sagte er: „Dass ich der Auserwählte bin, ein Pony geschenkt bekomme und dass ich in Drachenhöhe endlich auch mal die Nummer Eins bin."

Tycho wandte sich wieder Oskar zu. „Siehst du? Alles Unsinn. Zauberer sind dafür da, Drachenritter nach Drachenhöhe zu locken. Und dabei ist ihnen jedes Mittel recht. Ich habe einen guten Rat für euch: Traut niemals einem Zauberer." Tycho zwinkerte Oskar zu und marschierte weiter.

„Auf, auf!", rief er über die Schulter. „Wir sind bald da!"

Oskar folgte Tycho wie benommen. Er fühlte sich, als hätte ihn gerade ein Sack voller Steine getroffen.

Traut niemals einem Zauberer. Zauberer lügen. Zauberer sollen Drachenritter nach Drachenhöhe locken.

Er war belogen worden. Er war nicht der Auserwählte. Aber was machte er dann überhaupt hier?

Allmählich wurden die Gänge geräumiger und sauberer und es tropfte auch kein Wasser mehr von der Decke.

Florian, der neben Oskar herstolperte, sah sich immer und immer wieder zu Brock, dem Kerkerriesen, um. „Wie kann der überhaupt sehen, wo er hinläuft?", flüsterte er.

„Oh, das ist ganz einfach!", rief Tycho, der wie alle Zeremonienmeister nicht nur sehr empfänglich für Stimmungen war, sondern auch ein Gehör wie eine Katze hatte. „Er kann durch das Tuch hindurchsehen, du Dummerchen!"

„Aber wieso trägt er es dann?“

„Ganz einfach“, fuhr Tycho fort. „Kerkerriesen leben unter der Erde, daher sind ihre Augen extrem lichtempfindlich. Und wenn Brock doch mal nach oben muss, trägt er ein Tuch. – So, da wären wir.“

Sie erreichten eine Art Halle, groß genug, um darin Fußball zu spielen. Inmitten des Raums standen drei riesige Holzkisten.

Tycho öffnete eine davon. „Und rein, ihr beiden“, sagte er und winkte mit seinem Stab.

Oskar und Florian näherten sich vorsichtig.

Die Kiste war leer.

„Keine Angst, Drachenritter“, sagte Tycho. „Das ist alles Teil der Show.“

Oskar und Florian starrten in die dunkle Kiste. Sie war hoch genug, dass sie beide bequem darin stehen konnten. Sie zögerten.

Und Tycho hatte genug. Er nickte Brock zu, der heranstapfte und die beiden Jungen – eins, zwei – in die Kiste schnipste.

Oskar wusste kaum, wie ihm geschah, als auch schon der Deckel klappernd geschlossen wurde. Sie waren im Dunkeln.

„Gut festhalten!“, rief der Zeremonienmeister von außen und aus einem weiteren Klappern dicht neben ihnen schloss

Oskar, dass Tycho selbst die zweite Kiste betreten hatte. Die restlichen Geräusche konnte Oskar nicht einordnen.

Er hörte nur das Stapfen, als Brock in die Ecke der Halle ging. Das Pfeifen und Pupsen, als Brock auf einen Blasebalg eintrat, wie man ihn von Luftmatratzen kennt. Das Quietschen, als sich Teleskopstangen aus dem Boden drehten und die Kisten schwankend nach oben trugen, wo sich die Decke öffnete und den Blick auf einen wolkenlosen Himmel freigab.

Die drei Kisten schwebten ins Freie. Die Decke schloss sich wieder.

Von alledem ahnten Florian und Oskar rein gar nichts. Sie waren damit beschäftigt, in ihrer dunklen Box hin und her geschleudert zu werden. Nun hörten sie von draußen Jubel und Geschrei.

„Wo sind wir?", piepste Florian und Oskar zuckte nur mit den Schultern, als der Lärm außerhalb ihrer Kiste auf Orkanstärke anschwoll. Klang nach verdammt vielen Leuten. Nach einem Publikum …

Und dann hörte Oskar die selbstgefällige Stimme Tycho Strahllockes: „Danke. Danke. Danke. Ich liebe euch auch, Goldenhöhe! Danke. Danke. Jetzt ist aber gut! Haha. So. Herzlich willkommen, meine Damen und Herren, zur diesjährigeeen großeeen … Vorstelluuung deeer … Drachentöteeeeer!"

Plötzlich Drachentöter

Oskar hörte, wie die Menge völlig außer Rand und Band geriet. Sie schrie und brüllte und pfiff und klatschte. Es war ohrenbetäubend. Florian saß wimmernd auf dem Boden. Er hielt sich die Ohren zu, hatte die Augen fest geschlossen und summte ein Lied vor sich hin. Oskar blieb angespannt stehen und bemühte sich, kein Wort des Zeremonienmeisters zu verpassen, während Florian neben ihm, um das Getöse zu übertönen, lautstark „Fuchs, du hast die Gans gestohlen" anstimmte.

„Aber als Erstes, liebe Freunde, begrüßen wir unsere geliebte, unsere sagenhaft schöne, unsere weise wie gutherzige Königin Elder Sarina!"

Oskars Herz raste. Fanfaren ertönten. Dann Gejubel, allerdings deutlich weniger euphorisch als kurz zuvor.

Was Oskar weder sehen noch hören konnte, war der Auftritt Ihrer Majestät Elder Sarina. Die saß mit ihrem unglaublich dicken Hintern auf einem goldenen Thron, der von sechzehn Zwergen mit knallroten Köpfen keuchend die große Triumphtreppe hochgeschleppt wurde, hinauf in die festlich geschmückte Ehrenloge. Die Königin nickte gnädig ihren Untertanen zu, während sie sich ununterbrochen mit Blattgold verzierte kleine Kuchen in den königlichen Schlund stopfte. Sie war wahrlich kein erfreulicher Anblick. Nicht einmal für sich selbst.

Und genau das war das Problem: Denn die Königin liebte glitzerndes Gold mehr als alles andere auf der Welt. Und darum glitzerte und glänzte es natürlich ständig und überall in Goldenhöhe am Goldenberg. Und ständig und überall erblickte die Königin ihr hässliches Spiegelbild. Und jedes Mal, wenn sie ihr gemeines, aufgequollenes Gesicht mit den winzigen Schweinsäuglein sah, versetzte es ihr einen kleinen Stich ins Herz. Und mit jedem Stich wurde sie wütender und grausamer. Auch wenn das eigentlich kaum noch möglich war.

Ihr strubbelig-strohiges Haar, das an ein von Elefanten platt getrampeltes Weizenfeld erinnerte, gab zwei kleine spitze Elbenohren preis.

Der Thron Drachenhöhes hatte schon immer den Bergelben gehört – wobei die gefräßige Königin eine sehr untypische Vertreterin war.

Bei Hexe Fisselstick liest man:

Bergelben sind gertenschlank, geradezu mager und wieselflinke, geschickte Kletterer und Kämpfer. Noch nie hat der Bogen eines Elben sein Ziel verfehlt. Ihre Fähigkeiten mit dem Drachenfetzer, einem feinen elbischen Langschwert, geschmiedet aus Iridium und Silber, sind geradezu legendär.

Ob sie schmecken oder nicht, kann nicht einmal von Gertrude Eleonore Fisselstick beantwortet werden, da bislang kein Koch den Versuch, einen Elben zuzubereiten, überlebt hat.

Die Königin Elder Sarina jedenfalls war alles andere als gertenschlank und wieselflink. Vielmehr war sie plump wie ein Troll, der sich beim Kuchenessen ständig in die eigenen Finger beißt. Wären ihre spitzen Ohren nicht, käme niemand auf die Idee, dass die gefräßige Königin eine Elbin war.

Die Menge applaudierte und jubelte müde. Die, die nicht applaudierten und jubelten, wurden so lange von der königlichen Garde mit ihren Speeren gepikst, bis sie wieder ins allgemeine Toben mit einstimmten.

Stöhnend ließen die Zwerge den Thron zu Boden und zogen sich demütig buckelnd zurück. Die Königin hob den Arm und der Applaus verstummte.

Tycho Strahllocke war wieder an der Reihe.

„Heute, meine lieben Damen und Herren Elfen, Feen, Elben, Zauberer, Zwerge und verehrte andere magische und fast magische Geschöpfe, heute …"

Oskar drückte sein Ohr an der Holzwand platt. Er wollte kein Wort verpassen.

„… ist ein besonderer Tag!", fuhr der Zeremonienmeister fort. Oskar hörte, wie sich eilige Schritte näherten, wie direkt neben ihm getuschelt wurde und wie sich dann die Schritte wieder entfernten.

Erneut Tychos Stimme. Allerdings ohne Pathos. „Eine kleine Zwischenmeldung: Der Fahrer der Kutsche mit dem Kennzeichen GH 666 wird dringend gebeten, bei seinem Fahrzeug zu erscheinen. Seine Pferde haben sich den Magen verdorben und kotzen jetzt die Auffahrt voll."

Dann eine Pause. Und Tycho legte wieder los. „Heute", donnerte er, „heute ist der Tag der Drachentöter!"

Töter? Hatte er „Töter" gesagt? Oskar stutzte. Es musste doch „Ritter" heißen. Oder wie? Vielleicht waren sie nicht allein hier? Ja, so musste es sein. Es gab neben den „Drachenrittern" noch die „Drachentöter" …

Oskar presste sich so fest gegen die Holzwand, wie es sein Ohr aushielt.

„Und hier sind sie! Freuen Sie sich auf unsere Herausforderer! Ob sie Helden sind oder nur Drachenfutter? Wir werden sehen! Freunde und Freundinnen des Drachenkampfs! Begrüßen Sie mit einem warmen Applaus unsere neuen Kämpfer: Drachentöter Flinke Klinge und Drachentöter Honigbärcheeen!", schrie Tycho.

Wieder ertönten Fanfaren.

Dann kippten alle vier Wände zur Seite weg, wie Mikadostäbchen krachten sie auf den Boden. Oskar kippte mit und machte einen Bauchplatscher wie im Schwimmbad beim Kopfsprungüben.

Eine große, dichte Staubwolke peitschte hoch und vernebelte Oskar die Sicht. Aber das bisschen, was er hustend und blinzelnd erkennen konnte, ließ seinen Puls in die Höhe schnellen.

Neben ihm kauerte immer noch Florian. Mit fest geschlossenen Augen und den Händen auf den Ohren hatte er gar nicht mitbekommen, dass sie inzwischen inmitten eines Stadions saßen. Und was für ein Stadion! Tausendmal größer als das Fußballstadion von Waldende, ach was, hunderttausendmal!

Es war ein kolossales Gebäude. Die Zuschauertribünen waren so hoch, dass auf den billigen Plätzen knapp unter dem Dach immer Schnee lag. Nur ausgebildete Bergsteiger schafften es bis dorthin.

Wuchtige Bögen bildeten die Außenmauern, die bis in die Wolken reichten. Hunderte von Fahnen flatterten im Wind.

Oskar traute seinen Augen nicht. Niemals hätte er sich solch einen fantastischen Ort zu erträumen gewagt. Die Arena war bis auf den letzten Platz ausverkauft. Der Applaus der Massen war überwältigend. Und alle jubelten ihm und Florian zu.

Oskars Herz raste noch schneller, als es ihm klar wurde: Sie jubelten ihm zu! Ihm, Oskar! Vielleicht hatte der Zauberer geschwindelt und er war nicht der Auserwählte. Aber beliebt war er! Da hatte der Zauberer die Wahrheit gesagt. Er wurde gefeiert – und wie!

Oskar begann zu winken, und während er die Hand hob, senkte sich der Staub und gab der johlenden Menge die Sicht auf Oskar und Florian frei. Und der Applaus erstarb.

Es war mit einem Schlag still.

Mucksmäuschenstill.

Oskars Hand blieb auf halber Höhe stehen und wusste nicht, wohin.

Jemand hustete. In Reihe 41, Block 32a, nieste ein Elf. Zwei dick eingemummelte Zwerge mit Sauerstoffflasche unterhalb des Dachs tuschelten. Ansonsten nichts.

Selbst die Vögel und der eben noch fröhlich pfeifende Wind schienen starr vor Entsetzen. Und Oskar war sich mit einem Mal sicher: Das lag an seinem Schlafanzug. Und an seinem bescheuerten Namen. Klare Sache.

Er versuchte es mit einem freundlichen Lächeln, so wie auf

einem Familienfoto. Keine Reaktion. Unterhalb der Tribüne zerriss ein Zauberer enttäuscht ein Programmheft.

Oskar hielt die Stille nicht mehr aus. Er holte Luft, um zu rufen: „Das ist nicht mein Schlafanzug!" und: „Das ist alles ein Missverständnis. Ich mag gar keinen Honig! Ich ess nur Wurst! Blutwurst!"

Aber der Zeremonienmeister kam ihm zuvor. „Freunde! Ich kann eure Enttäuschung verstehen. Die beiden sehen aus wie schrumpelige Mickerlinge und Idioten sind es auch. Aber sind das nicht alle von drüben?" Tycho grinste und erntete ein paar Lacher. „Geben wir ihnen eine Chance! Man soll einen Zauberstab ja auch nicht nach seinem Aussehen bewerten!"

Manche Zuschauer sahen sich an, andere nickten und die Ersten klatschten. Tycho raste im Kreis und forderte das Publikum mit wirbelndem Zeremonienstab zu freundlichem Applaus auf. Langsam fielen immer mehr Gäste mit ein.

Oskar bemerkte, dass kaum ein Zuschauer wie ein Mensch aussah: Manche hatten Schnäbel, andere seltsame Knollennasen oder Haut wie aus Vulkangestein, einige leuchteten gleißend hell. Der eine schwebte über seinem Sitzplatz, der Nächste flatterte hektisch auf und ab und wieder ein anderer saß auf seinem Pferd, das wiederum auf einem Klappsitz saß und Cola aus einem langen Strohhalm saugte. Es waren auch nicht alle Besucher gleich groß. Manche waren winzig, wahrscheinlich Zwerge, andere waren doppelt so groß wie normale Menschen und nahmen gleich drei Sitze in Beschlag.

Tycho stupste ihn an. „Nicht schlecht, was? Die fressen mir aus der Hand. Sie lieben mich einfach. Wer kann es ihnen verdenken? Ich bin super." Er gab Oskar einen Stoß. „Los, wink ihnen zu!"

Tycho winkte ins Publikum und Oskar tat es ihm gleich. Seine Brust schwoll wieder an vor Stolz. All diese Wesen, diese fantastischen Wesen, applaudierten und feierten ihn!

Weit oben sah Oskar die Ehrentribüne der Königin: den großen Thron. Oskars Herz klopfte wie wild. Wenn ihn seine Eltern nun sehen könnten! Wie stolz sie auf ihn wären! Wie sehr er sie vermisste! Für einen kleinen Moment war ihm fast, als stünden sie auch da, direkt neben der Königin …

Und mit einem Mal beschlich Oskar wieder dieses ungute Gefühl. Er musste es nun einfach wissen. Während er strahlend weiterwinkte, fragte er zwischen den Zähnen hindurch: „Tycho, du … du hast eben ‚Drachentöter' statt ‚Drachenritter' gesagt."

Tycho nickte fröhlich.

„Da hast du dich wohl versprochen, hm?"

„Na bitte, ich wusste doch, dass wir in Drachenhöhe das beste Publikum haben!", brüllte Tycho in die Menge, die gleich noch mal ausrastete, und raunte Oskar zu: „Drachenritter – Drachentöter … Das ist doch dasselbe. Warum seid ihr von drüben nur immer so … so …“, er suchte nach einem Wort und fand es: „… pingelig!“

„Aber was soll das bedeuten?“, fragte Oskar.

„‚Pingelig‘ bedeutet, dass …“

„Ich weiß, was ‚pingelig‘ bedeutet – ich lebe bei meinen Großeltern. Ich meine: Was bedeutet ‚Drachentöter‘?“

„Na, was wohl?“ Tycho schnaufte höhnisch. „Es bedeutet, dass ihr von Drachen gefressen werdet.“

„Was?“ Oskars Herz sackte in die Hose.

„Nicht unbedingt gleich beim ersten Kampf. Aber gefressen werdet ihr früher oder später auf alle Fälle.“

„Auf alle Fälle?“

„Ja. Drachentöter bleibt man bis zum Tod. Manchen gelingt es, ein paar Kämpfe zu überleben. Aber das passiert nur selten. Sehr selten“, sagte Tycho, ohne sein Dauergrinsen zu unterbrechen. Dann raste er zur dritten Holzkiste, die immer noch verschlossen in der Arena stand, und rief aus voller Kehle: „Und hier sind sie, die Helden, auf die wir alle warten. Unsere Superstars! Die, die überlebt haben! Die, die einfach nicht sterben wollen!“

Die Menge begann zu toben.

„Drachentöter Spaltaxt und Drachentöterin Bliiiitz!“

Die Kiste fiel auseinander. Ein mächtiger Krieger trat hervor. Er trug einen stählernen Brustpanzer und einen zerbeulten Helm auf seinem vernarbten Kopf. Eine Augenklappe verdeckte sein rechtes Auge. Er hielt eine riesige Axt in den Händen und reckte sie selbstbewusst in die Luft.

Das Publikum tobte.

Oskar stand mit offenem Mund da. Wenn Drachentöter normalerweise so aussahen, verstand er, warum die Zuschauer von Flo und ihm so enttäuscht waren.

Drachentöter Spaltaxt begann nun zu laufen. Erst langsam, dann immer schneller. Trotz seiner Größe stürmte er, schnell und geschickt mit der Axt wirbelnd, auf drei mehrere Meter große Strohpuppen zu, die er unter tosendem Applaus blitzschnell in ihre Einzelteile zerhackte. Strohbündel flogen durch die Luft. Keine Sekunde später steckte in jedem Strohkopf ein Pfeil, und noch bevor sie zu Boden fielen, wurden sie alle drei lässig aufgefangen. Und zwar von einem Mädchen. Einem Mädchen mit einem Bogen.

Die Zuschauer schnappten fast über vor Begeisterung.

Oskar bekam den Mund gar nicht mehr zu. Es ging alles so furchtbar schnell, daran war er nicht gewöhnt. Bei Oskar zu Hause ging alles immer so furchtbar langsam.

Das Mädchen hatte schwarze glänzende Haare, die ihm bis auf die Schultern fielen. Ihre Augen waren blau, durchdringend blau. Sie war maximal ein, zwei Jahre älter als Oskar. Allerdings tausendmal geschickter. Und mit ihrem Bogen geradezu tödlich.

Tycho grinste zu Oskar hinunter. „Nicht schlecht, was?“ fragte er. „Keine Sorge. Ihr werdet auch noch an den Waffen ausgebildet. Wir wollen schließlich gute Kämpfe sehen und nicht, wie sich Drachen gelangweilt ein paar Snacks reinhauen.“

Oskar nickte. Und von da an bekam er nichts mehr mit.

Einen Moment hatte Oskars Gehirn noch darüber nachgedacht, wie es einem Drachensnack wohl so ergeht, dann aber beschlossen, mal ein bisschen freizunehmen. Mal was anderes zu machen, als sich ständig mit allem auseinanderzusetzen. Sollte doch mal ein anderer Teil des Körpers das Denken übernehmen. Die linke Niere zum Beispiel. Der Bauchnabel oder die dicken Zehen.

Oskar war zwar da, allerdings nur körperlich. Sein Verstand befand sich auf einer Reise. Er träumte sich zu einem Strand, gelegen an einem türkisblauen Meer, zu einem Getränk mit Schirmchen. Oskar bemerkte nicht, wie Tycho Strahllocke ihm aufmunternd auf die Schulter klopfte, wie sich die Königin von ihren krummen Zwergen aus dem Stadion tragen ließ, wie sich das Publikum scherzend und lachend verzog, wie man ihn packte und wegtrug.

Im Drachentöterhaus

Ist er tot?"

„Nein. Er atmet noch. Außerdem hat er die Augen offen und lächelt."

„Aber ziemlich blöde."

Oskar war immer noch weggetreten. Er bekam kaum mit, wie sich Gesichter zu ihm herunterbeugten, wie ihn fremde Finger anstupsten. Er hörte, wie über ihn gesprochen wurde. Nur verstand er nichts. Für ihn klang alles wie Meeresrauschen.

„Wieso hört er nicht auf zu grinsen?"

„Ich glaube, er hat den Verstand verloren."

„Lasst mich mal durch", verlangte ein energisches Stimmchen. Und im nächsten Moment ergoss sich ein kalter Schwall Wasser über Oskar.

Oskar schoss prustend hoch und öffnete blinzelnd die Augen. Draußen war es Nacht, doch unzählige Kerzen, die in einem wuchtigen schwarzen Deckenleuchter steckten, tauchten den Raum in ein schummriges Licht. Es war ein kreisrundes Zimmer mit drei Türen, etwa doppelt so groß wie das Klassenzimmer der 7c in Waldende. Neben dem erloschenen Kamin stapelte sich Holz. Alte Schwerter hingen schief an den Wänden und Gemälde von Drachentötern im Kampf oder Feuer spuckenden Drachen. Oskar lag in einem einfachen Holzbett. Links und rechts neben ihm standen weitere Betten in einer Reihe an der Wand. Zwei einfache Schränke, ein paar Regale. Vor dem Kamin vier abgewetzte, aber immerhin bequem aussehende Sessel. In der Mitte ein langer Tisch mit ungepolsterten Stühlen. Ein Luxushotel war das hier nicht.

„Wo bin ich? Wer seid ihr?", fragte Oskar.

„Du bist in Drachenhöhe am Goldenberg", sagte Florian, der ein Bett weiter lag. Er lächelte schwach. „Im Drachentöterhaus!"

„Und ich bin Naschi", sagte Naschi. Ein zierliches Wesen, kaum größer als ein Gummistiefel und ganz in Grün gekleidet, flatterte vor Oskars Gesicht. Auf der Stupsnase saß eine dicke Brille, die ihre Augen riesig aussehen ließ. Sie hatte blondes, fast weißes Haar, das ihr wirr vom Kopf abstand, als hätte sie versehentlich in eine Steckdose gegriffen. Wie ein verliebtes Insekt schwirrte sie vor Oskar herum. „Ich bin die Küchenfee. Ich kümmere mich um euch", sagte Naschi. „Und das da oben ist Flattermann, mein Haustier."

Sie packte Oskar an den Ohren und zog seinen Kopf unsanft nach hinten in den Nacken.

„Aua“, sagte Oskar, der nicht gern an den Ohren gezogen wurde. Oben im Gebälk hockte eine Eule, die sich pausenlos nervös umsah, als würde sie verfolgt.

„Flattermann hat Angst im Dunkeln. Deshalb dürft ihr auch nie die Lampe hier ausmachen“, sagte die Fee, ließ Oskars Ohren wieder los und zeigt ihm eine alte Öllampe. „Das Nachtlicht bleibt immer an. Sonst kriegt Flattermann Panik. Alles klar? ALLES KLAR?“, fragte die Fee mit strengem Blick.

„Klar. Das Licht bleibt an“, beeilte sich Oskar zu sagen.

„Dann ist ja gut“, zwitscherte die Fee fröhlich und tätschelte Oskars Kopf.

„Und wer sind die beiden?“, flüsterte Oskar und sah zu den zwei Drachentötern hinüber, die eben in der Arena das Publikum begeistert hatten. Das Mädchen, das sich gerade noch über Oskar gebeugt hatte, ließ sich auf ihrem Bett nieder. Sie zog ein kleines Messer hervor und begutachtete es.

„Das ist Lisbeth, genannt Lissy. Oder auch Drachentöterin Blitz“, flüsterte Naschi. „Und sein Name ist Horand …“ Naschi zeigte auf den riesigen Kerl, der auf einem alten Sessel vor dem Kamin saß und mit einem Stück Wetzstahl seine Axt schärfte. „Ihm hat Tycho den Namen Streitaxt gegeben. Wir ignorieren aber die blöden Drachentöternamen.“

„Das finde ich gut!“, sagte Oskar alias Drachentöter Honigbärchen.

„Die Namen geben die euch eh nur, um mehr Fanzeug zu verkaufen“, sagte Naschi und verzog angewidert ihr Gesicht.

„Fanzeug?“, fragte Florian.

„Na, Schals, T-Shirts, Metkrüge, Aschenbecher und Grillkohle mit eurem Bild und Namen drauf. Was die Leute halt so kaufen, wenn sie bei den Drachenkämpfen sind.“

Oskar war es erstaunlich egal, dass man sein Gesicht auf T-Shirts druckte und darunter „Honigbärchen“ schrieb. Angesichts seines bevorstehenden Kampfs gegen einen echten Drachen war ihm so ziemlich alles egal.

Naschi sah auf ihre Armbanduhr, der die Zeiger fehlten, und dann aus dem Fenster.

„Und jetzt setzt euch, es ist schon dunkel. Gleich wird gegessen." Die Fee flatterte nach nebenan.

Während Oskar folgsam zum Tisch ging und sich setzte, hörte er aus der Küche Töpfe scheppern, Glas zerspringen und eine Fee, die schimpfte wie ein Fußballtrainer beim Spielstand von 0:14.

Als Horand sich auf einen Stuhl fallen ließ, wackelte der ganze Raum. Er trug immer noch Helm und Brustpanzer.

Oskar lächelte ihm zu.

Horand lächelte nicht zurück. Er knallte seine Streitaxt auf den Tisch.

Neben ihm nahm Lisbeth Platz. Lisbeth sah cool aus. Sie trug eine enge schwarze Hose, schwarze Stiefel, ein weißes T-Shirt und darüber eine kurze schwarze Lederjacke. Ihre Haare hatte sie zu einem Pferdeschwanz gebunden, der ihre Ohren freigab. Ihre verbrannten Ohren.

Oskar schluckte. Wenn selbst eine so geschickte Kämpferin nicht ohne Verletzungen aus einem Drachenkampf kam … Er war erledigt.

Florian setzte sich neben ihn.

„Wie geht es dir?", fragte Florian.

Oskar spürte, dass Florian etwas Zuspruch gebrauchen konnte. Also sagte er: „Mir geht's gut. Und dir?"

„Nicht gut", sagte Florian und dicke Tränen kullerten aus seinen Augen, die er schnell mit dem Ärmel wegwischte.

„Das wird schon alles wieder." Oskar klopfte Florian aufmunternd auf die Schulter.

„Nichts wird wieder. Draufgehen werdet ihr!", sagte Horand, ohne mit der Wimper zu zucken.

Florian begann zu weinen. Oskar versuchte ihn zu trösten, wusste nur nicht, wie. Ihm war selbst zum Heulen zumute.

„Es tut mir leid", jammerte Florian beschämt. „Ich hab solche Angst vor Drachen!"

Oskar fand, dass man sich nicht dafür entschuldigen musste, Angst vor Drachen zu haben. Drachen waren schließlich riesig, hatten Zähne wie Haie, Klauen wie Löwen und konnten Feuer spucken. Er wollte Florian gerade verraten, dass er sich auch vor Drachen fürchtete, als die Küchentür aufflog.

Naschi kam mit knallrotem Gesicht herausgeflogen. „Eintopf!", keuchte sie. Auf ihrem kleinen Kopf balancierte sie ein riesiges Tablett, das locker fünfmal so groß war wie sie selbst. Darauf rutschten vier Teller, vier Kelche, zwei mit Beerensaft gefüllte Krüge, vier Holzlöffel und ein großer dampfender Kochtopf hin und her.

Naschi eierte mehr durch die Luft, als dass sie flog. Sie flatterte hoch bis unter die Decke und stürzte wieder runter, sie wankte nach links und nach rechts, knallte gegen Wände und Balken und stieg wieder brummend wie eine dicke Hummel nach oben. Scheppernd knallte sie an die Decke und eine Flut Beerensaft platschte auf die Drachentöter nieder.

In dem Moment schoss die Eule aus ihrem Versteck hervor und hackte panisch auf Naschi ein.

„Lass das, Flattermann!“, schrie Naschi. „Aus, Flattermann! Aus! Mach sitz, dumme Eule!“ Die Fee geriet ins Trudeln und stürzte krachend ab. Die Teller, der Topf, die Kelche – alles hopste hoch und landete kreuz und quer auf dem Tisch. Doch schon krabbelte Naschi wieder unter dem Tablett hervor, strich ihre Schürze glatt, rückte die Brille zurecht, schnippte eine Bohne und ein paar Erbsen aus ihren suppennassen Haaren, wünschte allen einen guten Appetit und flog zurück in die Küche, als wäre nichts gewesen.

Oskar und Florian sahen ihr mit offenem Mund hinterher.

„Ist alles in Ordnung mit ihr?“, fragte Oskar besorgt.

„Ja. Das passiert wirklich jedes Mal genau so“, sagte Lisbeth, während Horand ihr einen Teller mit Eintopf vor die Nase schob.

Die Hexe Fisselstick schreibt über Küchenfeen:

> **Küchenfeen sind ähnlich lästig wie Stubenfliegen (s. S. 762), aber zählen ohne Zweifel – neben mir selbst – zu den besten Köchen des Landes. So köstlich ihre Gerichte auch sind, sollte man sie stets mit Vorsicht genießen. Die enorm schlechten Augen der Küchenfeen, im Grunde sind sie fast blind, führen immer mal wieder zu schrecklichen Verwechslungen der Zutaten. Beispielhaft soll hier an das Große Erbsensuppen-Desaster von 1688 erinnert werden, als ganz Drachenhöhe geschlossen zum Zahnarzt musste, weil die königliche Küchenfee versehentlich Kieselsteine statt Erbsen beigab.**

Nachdem sich auch Horand etwas zu essen genommen und seinen Kelch mit Beerensaft gefüllt hatte, bedienten sich Oskar und Florian ebenfalls.

Vorsichtig probierte Oskar einen Löffel. Es schmeckte gut. Sehr gut sogar. Nach frischem, knackigem Gemüse und irgendetwas Saftigem, Exotischem, das Oskar nicht benennen konnte.

„Schmeckt es?", fragte Naschi. Sie stand direkt vor ihm auf dem Tisch. Sie trug jetzt einen Bademantel, Badelatschen und trocknete sich ihre Haare mit einem kleinen Handtuch.

„Sehr gut. Echt spitze", schmatzte Oskar.

„Das ist superlecker", sagte Florian.

„Ratet mal, was die geheime Zutat sein könnte!", flötete Naschi fröhlich.

„Knoblauch?", riet Florian. Bei seiner Mutter war die geheime leckere Zutat immer Knoblauch.

„Nä!", rief Naschi.

„Paprika?", riet Oskar, weil er Chips mit Paprika am besten fand.

„Nä!", rief Naschi fröhlich. „Ratet weiter."

„Liebe?", riet Florian.

„Nä."

„Hm." Oskar nahm sich einen weiteren Löffel Eintopf und kaute ihn langsam und konzentriert. „Koriander?", fragte er dann, weil Koriander das exotischste Kraut war, das er kannte.

„Nä! Kaulquappen!", verriet Naschi stolz.

Oskar wurde blass. Sein Magen machte einen unangenehmen Hüpfer. Und da er auf einmal satt war, schob er seinen Teller von sich weg. Was sich als dumme Idee entpuppte: Denn Naschi dachte natürlich, dass Oskar noch einen Nachschlag wollte. Sie klatschte ihm glücklich einen weiteren

Schlag Gemüse-Kaulquappen-Eintopf auf den Teller und schob ihn wieder zu ihm zurück.

„Aufessen!", sagte Naschi.

Oskar würgte mit eingefrorenem Lächeln noch ein paar Löffel runter, bevor er mit den Worten „Köstlich, aber … Puuh, ich kann nicht mehr!" den halbvollen Teller wieder von sich schob. Horand lachte höhnisch auf. Oskar tat so, als hätte er nichts bemerkt.

Erst als Florian neben ihm fröstelte, stellte auch Oskar fest, wie kühl es geworden war. Seine Füße waren schon ganz kalt, ohne Socken und Schuhe …

„Ist bei euch nicht Sommer?", fragte Oskar. „In Waldende ist gerade Sommer."

„Um diese Uhrzeit doch nicht, Dummerchen", sagte Naschi, schüttelte den Kopf und flatterte zum Kamin. Sie zog einen kleinen Zauberstab aus ihrem Bademantel, fuchtelte ein wenig damit herum, und während draußen wie jeden Abend die ersten Schneeflocken vom grauen Himmel schwebten, begannen die Holzscheite im Kamin zu knistern.

Naschi verabschiedete sich und wünschte allen eine gute Nacht. Horand und Lisbeth setzten sich in die zwei alten Ledersessel vor dem Kamin und starrten schweigend ins prasselnde Feuer. Und obwohl ihm Tausende Fragen auf der Zunge brannten, traute Oskar sich nicht, die Drachentöter anzusprechen. Stattdessen schlüpfte er genau wie Florian ins

Bett. Der hatte sich die Decke bis unter die Nase gezogen und drehte sich nun zu Oskar.

„Psst", psste er.

„Was ist?", flüsterte Oskar.

„Die sind alle ganz schön gemein hier, finde ich", sagte Florian.

Oskar nickte nur. Gemein. Ja, das konnte man so sagen. Er war nicht nach Drachenhöhe gelockt worden, um ein Held zu sein, um eine entführte Prinzessin zu befreien oder um einen Schatz zu bergen. Er sollte gegen Drachen kämpfen – einfach nur so, nur um Zuschauer zu unterhalten! Hier ging es nicht um Freiheit oder Gerechtigkeit. Das hier war eine Art Sport. Und den Leuten aus Drachenhöhe war egal, dass ihr Freizeitvergnügen Menschenleben kostete.

Florian, der dieselben düsteren Gedanken in sich trug wie Oskar, sagte zittrig: „Ich glaube, wir werden sterben."

Ach was. Alles halb so wild. Kopf hoch. Wird schon.

Oskar hätte Florian gern beruhigt. Aber warum sollte er ihm etwas vormachen? Seit er Horand und Lisbeth in Aktion erlebt hatte, war Oskar eins klar: Wenn er oder Flo gegen einen Drachen kämpfen mussten, würden sie den Kampf verlieren.

Oskar wandte sich Florian zu. „Ich haue ab. Noch heute Nacht. Wenn du willst, komm mit."

Florian kniff die Lippen zusammen und nickte.

„Okay“, sagte Oskar. „Wir warten, bis alle schlafen, dann schleichen wir uns raus.“

Oskar hatte keine Ahnung, wie sie wieder nach Hause kommen sollten. Er wusste nur, dass er nicht gegen Drachen kämpfen konnte. Also musste er abhauen.

Er hob den Kopf und spähte zum Kamin. Horand hatte die schweren Lederstiefel ausgezogen und hielt seine Füße, die in zerfetzten Socken steckten, zum Feuer. Lisbeth wetzte ein kleines Messer diamantenscharf. Was Oskar nicht sah, war, wie sie ihm einen kurzen Blick zuwarf und lächelte.

Fön, luftig und nett

Das Feuer im Kamin war längst erloschen, als Oskar aus dem Bett krabbelte und zum Fenster tapste. Sie befanden sich auf einer Anhöhe. Draußen war Schnee gefallen. Der kleine Weg, der sich mitten durch kahle Bäume und Büsche zu ihrem Haus hinaufschlängelte, glitzerte weiß. Was wohl hinter dem Wäldchen lag?

Der Boden war eiskalt und Oskar zitterte in seinem Schlafanzug. Er brauchte Schuhe. Dringend.

Sein Blick blieb an den klobigen Drachentöterstiefeln hängen, die neben Horands Bett standen. Direkt neben der beeindruckenden Axt.

Oskar zögerte nur eine Sekunde. Die Stiefel waren riesig und rochen furchtbar. Oskar schlüpfte trotzdem hinein. Während der Drachentöter platt auf dem Rücken lag und lautstark schnarchte, taperte Oskar vorsichtig, um nicht versehentlich aus den Schuhen zu flutschen, weiter zu Florian und weckte ihn. „Psst! Komm mit.“

„Nur noch fünf Minuten“, brabbelte Flo verschlafen.

„Komm, weg hier!“, raunte Oskar und Flo rollte sich folgsam im Halbschlaf aus dem Bett.

Oskar stand bereits vor den drei Türen. Die rechte führte zur Küche, das wusste er. Die mittlere ins Badezimmer – das aus zwei Duschkabinen, zwei Waschbecken und einem Plumpsklo bestand. Also musste es die dritte, die linke Tür sein, die in die Freiheit führte.

Oskar drückte die Klinke und spähte um die Ecke. Vor ihnen lag ein schwach beleuchteter Gang.

Oskar nickte Florian zu, der vor Angst und Kälte bibberte. „Ich geh voraus, bleib dicht hinter mir. Behalte die rechte Wand im Auge und pass auf, dass wir keinen Ausgang verpassen.“

„Okay“, piepste Florian.

Sie kamen nur langsam voran, gelähmt von Dunkelheit, Angst und Oskars riesigen Stiefeln. Angestrengt suchten sie die finsteren Wände nach einem Ausgang ab – so konzentriert, dass sie nicht auf den Boden achteten.

Zeitgleich traten sie ins Leere.

Der Boden war weg.

Sie fielen ins absolut Schwarze.

Kurz nur. Vielleicht drei, vier Meter.

Dann – RUMS! – landeten sie hart.

Oskar drehte sich ächzend auf den Rücken und versuchte,

zu Atem zu kommen. Vorsichtig bewegte er Arme und Beine.

Okay. Das hätte schlimmer ausgehen können. Der Boden war sandig und hatte seinen Aufprall gedämpft. Allerdings hatte er einen Stiefel verloren ...

Oskar tastete um sich. Es war dunkler als oben im Gang und es dauerte einen Moment, bis sich seine Augen an die Dunkelheit gewöhnt hatten und er wenigstens ein kleines bisschen etwas sehen konnte. Es roch muffig, nach fauligem Kohl und gammeligen Kartoffeln.

Ein wenig entfernt hörte Oskar ein Stöhnen.

„Florian? Alles in Ordnung?“, fragte Oskar.

„Ja“, keuchte Florian. „Geht schon. Und bei dir?“

„Schuh ist weg. Sonst okay“, antwortete Oskar.

„Ich glaube, der liegt hier“, sagte Florian. „Ja. Ich habe ihn. Warte, ich komme rüber!“

„Super.“ Oskar versuchte angestrengt, Florian zu erkennen. „Wo bist du?“, rief er.

„Hier.“

Florian hatte sich an der Wand entlanggetastet und hielt Oskar den Stiefel hin. Der nahm ihn erleichtert ab. „Danke dir.“

Während Oskar sich hinunterbeugte und seine viel zu großen Schuhe richtete, stupste Florian ihn hektisch an. Und zupfte an seinem Ärmel. Und rüttelte an seiner Schulter.

„Moment. Was denn? Lass das!", schimpfte Oskar, und als er endlich wieder zwei Stiefel trug und sich gerade aufrichtete, kippte Florian ihm entgegen. Ohnmächtig.

Oskar drehte sich um.

Er starrte auf eine grüne Wand.

Und dann, direkt darüber, in zwei beeindruckende Augen. Sie waren groß wie Autoscheinwerfer und leuchteten giftig grün. Oskar wusste, wie er mit fiesen Straßenkötern und gemeinen Katzen umgehen musste. Aber das hier war kein Hund und keine Katze. Das hier *fraß* Hunde und Katzen und, da war sich Oskar sicher, auch Kinder.

„F-Friss mich bitte nicht", stammelte Oskar, während er Schritt für Schritt zurückwich.

„Jetf mach mal halb lang. Ich effe nur Gemüfe. Am liebften Peperoni. Haft du fufällig Peperoni dabei?", lispelte eine überraschend freundliche Stimme mit einem schlimmen F-S-Sprachfehler.

„Äh … nein", antwortete Oskar erstaunt und hoffte, damit keine schlechte Stimmung zu verbreiten.

„Warte mal. Ich mach Licht an."

Die grün schimmernde Wand verschwand. Mit einem lauten Klacken leuchteten ein paar Scheinwerfer grell auf.

Oskar und Florian waren in eine große Grube gestürzt, die als Käfig für das erstaunlichste Wesen diente, das Oskar je zu Gesicht bekommen hatte. Einen Tag zuvor noch hätte er jeden für bekloppt gehalten, der ihm gesagt hätte, dass es Drachen gibt. Nun stand er einem gegenüber und war nicht einmal sonderlich überrascht. Er hatte einfach nur Angst. Drachenfutter Honigbärchen. Der Drache hatte einen großen Kopf, der aussah wie eine schrumpelige grüne Olive mit zwei mächtigen Hörnern drauf. Er hatte ein großes Maul mit vielen kleinen runden Zähnen, leicht schielende grüne Augen, einen dicken Wanst, einen gepanzerten, mit Dornen bewehrten Drachenschwanz und Füße mit großen Klauen dran. Seine Vorderbeine waren ein Stück kürzer als die Hinterbeine, so dass der Drache die ganze Zeit aussah wie ein Hund, der aufgeregt seinen Hintern in die Höhe reckt und darauf wartet, hinter einem Stöckchen herzujagen.

Oskar stand der Mund offen. Das kann doch nicht sein, dachte er, das gibt es doch nicht. Sie wollten abhauen, um nicht gegen Drachen kämpfen zu müssen, und plumpsten auf ihrer Flucht mitten in eine Drachengrube!

Der Drache stand ebenfalls mit weit geöffnetem Mund da, so dass man auf seiner Zunge ein Zelt hätte aufschlagen können. Auch er dachte: Das kann doch nicht sein! Das gibt es doch nicht! Noch nie hatte er einen Drachentöter in einer so albernen Rüstung gesehen!

„Ach, du blaue Neune!“, sagte der Drache laut.

„Grüne Neune“, korrigierte Oskar und biss sich sofort auf die Lippe. Klugscheißen ist ja eigentlich immer unsympathisch, aber gänzlich bescheuert ist es, einen wildfremden Drachen zu korrigieren.

Der Drache kam langsam auf ihn zu. Oskar wich über seine Füße stolpernd immer weiter zurück. „Hab keine Angft, ich bin nicht gefährlich!“, sagte der Drache spuckend. „Ich bin nur Fluppe. Der Trainingfdrache.“

„Ein Trainingsdrache?“ Erst jetzt entdeckte Oskar, dass Fluppes Flügel zusammengebunden waren und dass man ihn an die Kette gelegt hatte. Dennoch traute Oskar der Sache nicht. „Wenn du nicht gefährlich bist, was bist du dann?“

Fluppe blieb stehen, richtete sich auf wie ein Hund, der Männchen macht, kratzte sich am Kinn und dachte nach. „Hm.“ Und dann gleich noch mal: „Hm.“

Dann schlug sich der Drache auf einmal auf den Kopf. Pang. Und noch mal: pong. Und schüttelte seinen Kopf wild hin und her.

„Ha! Jetft geht ef wieder!“, jubelte der Drache fröhlich und spuckte dabei ordentlich Spucke durch die Gegend. „Da hatte fich ein Gedanke verklemmt. Jetft ift er wieder frei.“

Oskar lächelte etwas gequält. Ein Drache, der sich vor den Kopf haute, war ihm absolut nicht geheuer. „Und was sagt der Gedanke?“, fragte er vorsichtig.

„Momentchen“, bat der Drache um Geduld. „Hm. Waf bin ich? Hm. Ich bin … fön, luftig und nett“, sagte Fluppe.

„Fön und luftig?“, fragte Oskar.

„Ja. Ich lache gerne."

„Aaah." Oskar verstand endlich. „Du meintest schön, lustig und nett."

„Waf fonft?", fragte Fluppe, trat einen Schritt rüber zu Florian und stupste ihn an. „Er ift in Ohnmacht gefallen. Den hab ich auf den Focken gehauen", lispelte der Drache nicht ohne Stolz.

„Ja", sagte Oskar, „das hast du." Dann ging er in die Knie und tätschelte Florians Wange, bis der zwinkernd die Augen öffnete.

„Was? Wo? Wie?" Florians Lebensgeister kehrten zurück. Allerdings nur kurz.

Als Fluppe „Buuh!" schrie und seine Schielaugen wild im Kreis drehte, fiel Florian gleich wieder um wie ein Sack Kartoffeln.

„Fuper!", schrie Fluppe begeistert und lachte sich schlapp.

„Hör auf damit!", rief Oskar. Er tätschelte Florian bis der – „Was? Wo? Wie?" – erneut die Augen öffnete.

„Foll ich ihn noch mal erfrecken?"

Oskar sah Fluppe streng an. „Bitte nicht …"

„Wenn ich Feuer fpucken könnte, wäre er noch nicht wieder wach!", behauptete Fluppe.

„Du kannst kein Feuer spucken?"

„Ne. Fu feuchte Auffprache. Ich krieg nur Wafferdampf hin", sagte Fluppe und fragte: „Willft mal fehen?"

„Später vielleicht", sagte Oskar und half Florian hoch, der immer noch arg benommen war.

Es dauerte dreieinhalb Minuten, bis Florian sich traute, Fluppe in die Augen zu sehen, und weitere vier Minuten, bis er es das erste Mal wagte, das Wort an den Drachen zu richten.

„Was bist du?", hauchte er fassungslos.

„Schön, lustig und nett", kürzte Oskar ab und fasste Florian am Arm. „Komm jetzt, wir müssen abhauen."

„Wiefo denn daf?", fragte Fluppe.

„Wir wollen nicht als Drachenfutter enden", sagte Oskar.

„Daf kann ich verftehen", sagte Fluppe nach einer kurzen Zeit des Grübelns. „Aber wie kommt ihr hier rauf?"

Alle drei sahen hoch. Die Grube, in der Fluppe gefangen gehalten wurde, war mehrere Meter tief. Oskar trat ein Stück zurück. Selbst wenn Florian auf Oskars Schultern kletterte, würden immer noch mehrere Meter bis zu Kante fehlen. Aber was, wenn ...?

„Kannst du uns helfen?", fragte Oskar Fluppe.

„Weif nicht, wie."

„Wenn ich auf deine Schulter klettere und Flo auf meine, dann müssten wir es schaffen, bis an den Rand zu kommen."

Fluppe stellte sich mit dem Rücken an die Wand, sagte: „Aber aufpaffen. Ich bin kitfelig", und legte die großen Krallenklauen zu einer Räuberleiter zusammen.

Oskar stieg auf Fluppes Hände und kletterte auf die Schulter des Drachens.

„Jetzt du!", rief Oskar.

Florian versuchte, mit seinen kurzen Beinen auf Fluppes Klauen zu steigen. Es misslang.

„Noch mal", rief Oskar.

Auch der nächste Versuch klappte nicht.

„Komm schon, du schaffst das!", feuerte Oskar Florian an, wurde aber immer nervöser. Sie hatten schon so viel Zeit verloren …

Nach dem siebten Versuch übernahm Fluppe das Kommando.

„Laff mich mal, ich mach daf."

Fluppe packte Florian kurzerhand an der Hüfte und schleuderte ihn hoch. „Aufpaffen!", schrie Fluppe und Florian schoss – „Aaah!" – wie eine Rakete an Oskar vorbei in die Dunkelheit. Drei Sekunden später sauste er – „Aaah!" – wieder an Oskar vorbei nach unten. Wo ihn Fluppe wieder auffing.

„Forry. Hab fu fefte geworfen", sagte Fluppe und – „Aufpaffen!" – warf ihn erneut hoch. Diesmal landete Florian mit dem Hintern auf Fluppes Kopf, kippte zur Seite, platschte auf die Schulter des Drachens und rutschte auf dem Drachenschwanz nach unten … Beim dritten Mal jedoch gelang es Flo, den Rand der Grube zu packen.

„Zieh dich hoch!“, rief Oskar, der noch immer auf der Schulter des Drachens stand. Er streckte sich und versuchte, Florians Füße nach oben zu schieben.

„Und hör auf zu zappeln!“, ächzte Oskar. Seine Muskeln begannen zu brennen.

„Kann nicht!“, stöhnte Flo und zog mit aller Kraft, bewegte sich jedoch kaum nach oben. „Schaff ich nicht.“

Oskar schob und hob und stemmte und drückte, seine Arme zitterten – bis es nicht mehr ging. „Brauch 'ne Pause“, ächzte er und ließ Florian los.

Der klammerte sich panisch fest und schrie: „Hilfe! Ich kann mich nicht mehr halten!“ Millimeter für Millimeter rutschten seine Finger ab. Bevor er auf einmal superschnell nach oben zischte.

Lisbeth! Sie hatte Florian an seinen Handgelenken gepackt und hinaufgezogen.

„Jetzt du“, sagte Lisbeth. Sie legte sich auf ihren Bauch und streckte Oskar ihre Arme entgegen. Oskar ging in die Knie, sprang, so hoch er konnte, und packte ihre Hände. Lisbeth war sehr schlank und sah zart, geradezu zerbrechlich aus, aber ihre Kraft war außergewöhnlich. Obwohl Oskar nur unwesentlich kleiner als sie war, zog sie ihn scheinbar mühelos zu sich hoch.

„Danke“, keuchte Oskar erleichtert.

„Wo wolltet ihr hin?“, fragte Lisbeth.

„Abhauen“, sagte Florian.

Lisbeth lachte mit glockenheller Stimme.

„Warum lachst du?“, fragte Florian.

„Ihr könnt hier nicht raus. Das Gebäude ist durch Zauberei geschützt. Hier kommt keiner raus.“ Lisbeth sprang elegant und absolut lautlos wieder auf ihre Füße und half Oskar hoch.

„Wir versuchen es trotzdem“, sagte Oskar trotzig.

„Das Gebäude hat keinen Ausgang.“

„Wir sind aber doch irgendwie hier reingekommen. Also muss es einen Eingang geben. Und wenn es einen Eingang gibt, dann gibt es auch einen Ausgang“, sagte Oskar.

Florian kratzte sich am Kopf und nickte. „Das klingt logisch.“

Die Drachentöterin klopfte sich unbeeindruckt den Staub von ihrer Kleidung.

„Ausgänge und Eingänge erscheinen nur, wenn sie gebraucht werden. Danach verschwinden sie wieder“, erklärte sie mit ruhiger Stimme.

„Du meinst ...“

„Ich meine, ihr sitzt hier fest. Besser, ihr gewöhnt euch dran und bereitet euch auf die Drachenkämpfe vor.“

„Fufammen mit mir!“, rief Fluppe, der das Gespräch aus seiner Grube belauscht hatte.

„Hallo, Fluppe!“, rief Lisbeth.

„Hallo, Liffy! Allef klar?“

„Alles wie immer.“

Lisbeth lächelte zu Fluppe hinunter und der lächelte zurück. Was aus Florians Sicht echt beängstigend aussah. Fast so beängstigend wie Horands tiefe Stimme, die ihnen in den Ohren dröhnte.

„Lisbeth! Warum treibt Ihr euch hier rum? Ihr wisst doch, dass ich es nicht mag, wenn Ihr allein unterwegs seid!“

Oskar und Florian suchten hinter Lisbeth Schutz und versuchten, den bösen Blicken auszuweichen, die ihnen der alte Krieger zuwarf.

„Beruhige dich.“ Lisbeth lächelte und Horands Blick wurde für einen Moment weich. „Ich musste nur unseren neuen Kollegen helfen. Los, gehen wir zurück, bevor wir entdeckt werden. Es ist verboten, sich nachts hier aufzuhalten.“

Lisbeth ging voran und Oskar und Florian stolperten an Horand vorbei. Oskar lächelte Horand freundlich zu.

Der hielt ihn an der Schulter fest und starrte nach unten. Oskar folgte seinem Blick.

Der mächtige Drachentöter stand in Socken vor ihm. Sein linker dicker Zeh guckte raus.

Oskar nuschelte „’schuldigung“, schlüpfte hastig aus Horands Stiefeln und flitzte Lisbeth barfuß hinterher.

„Der ist aber nett zu dir“, flüsterte Oskar, als er zu Lisbeth aufgeschlossen hatte.

Wieder lächelte die Drachentöterin. „Er ist so was wie mein Beschützer. Er kannte mich schon als kleines Kind, bevor ich hierherkam, und seitdem passt er auf mich auf."

Den Rest des Wegs zurück in ihren Schlafraum grübelte Oskar traurig vor sich hin. Wie gern hätte auch er so einen Aufpasser wie Horand! Der stampfte grimmig ein paar Schritte hinter ihnen her. Seine Streitaxt in der Hand.

Ein Bett im Gemüsefach

Als Oskar erwachte, war der Tag längst angebrochen. Warme Sonnenstrahlen durchfluteten den Raum. Ein fetter roter Kater hopste auf Oskars Bett und drückte schnurrend den Kopf gegen seine Hand.

„Wer bist du denn?" Oskar setzte sich auf. Er hatte noch nie ein Haustier besessen. Seine Eltern hatten wegen ihrer Arbeit oft umziehen müssen und sie hatten Oskar gegenüber immer behauptet, dass „so ein Vagabundenleben" für Tiere nichts sei. Erst redeten sie Oskar damit einen Hund aus, dann eine Katze, dann einen Vogel und schließlich sogar einen Hamster und einen Goldfisch. Obwohl so ein Goldfisch ja im Grunde sein eigenes Haus dabeihat.

Oskar ließ seine Finger langsam durch das dicke, weiche Fell des Katers gleiten. „Du bist ja ganz verschmust."

Der Kater schnurrte laut und mit einem kaum hörbaren „Plopp!" flog ihm sein komplettes Fell vom Körper und er war nackt.

„Oh mein Gott!“ Oskar hüpfte aus dem Bett, wedelte Millionen von roten Katzenhaaren von seinem Schlafanzug, spuckte nur unwesentlich weniger aus und starrte entsetzt auf die nackte Katze. „Was habe ich nur getan?“

Schon kam Naschi, die Küchenfee, herbeigewirbelt.

Oskar fuhr herum. „Ich … Ich … Ich wollte das nicht! Ich hab ihn nur gestreichelt und dann ist mir auf einmal sein Fell um die Ohren geflogen! Es tut mir leid, ehrlich!“

Mit einem gewagten Sturzflug landete Naschi auf Oskars Bett. Sie hatte einen Handfeger und ein Kehrblech dabei.

Und kicherte.

„Kannst nichts dafür, Oskar. Fussel hat seinen Fellwechsel. Das passiert jeden Tag zweimal. Es ist gerade Frühling geworden. Schau!“ Die Fee zeigte zum Fenster. Der Schnee war längst geschmolzen und an dem Baum, an dem gestern Abend noch Eiszapfen hängten, sprossen nun frische Blätter und zarte Knospen. „Heute Nachmittag, wenn der Herbst beginnt, kriegt Fussel wieder sein Winterfell.“

Oskar hörte kaum zu. Er konnte den Blick nicht von den Bäumen abwenden. Nie zuvor hatte er Blätter, Knospen und Blüten so rasend schnell wachsen sehen. Als er wieder zum Kater Fussel hinabsah, putzte der sich bereits genüsslich sein perfektes Sommerfell und Naschi flatterte mit einem Kehrblech voller Winterfell in Richtung Küche.

„Gleich gibt es Frühstück!“, rief sie noch und verschwand.

Und es war ein Frühstück, das sich sehen lassen konnte. Es gab Brötchen, Beerenmarmelade, Gesichtswurst mit Trollgesichtern, Obstsalat, Spiegelei, hart gekochte Eier und kaputte Eier, die Naschis Absturz mit dem Tablett nicht überlebt hatten. Dazu noch Zitronenkuchen, Kekse mit Haferflocken und einen lilafarbenen Tee, der Florian und Oskar etwas hibbelig machte. „Ich habe die halbe Nacht versucht, mich wieder nach Hause zurückzuwünschen", flüsterte Flo. „Ich auch", sagte Oskar und schweigend mampften sie eine Weile vor sich hin.

„Sag mal, wieso bist du hier?", fragte Oskar.

Florian hörte einen Moment auf zu kauen. Dann schluckte er einen großen Bissen hinunter, bevor er stockend antwortete: „Ich … ich wollte nicht zurück in die Schule."

„Wieso?" Oskar schmierte sich dick Beerenmarmelade auf sein viertes Brötchen.

„Wegen Kai."

„Kai?"

„Ja. Der geht mit mir in eine Klasse. Der und seine beiden Freunde verprügeln mich ständig oder tunken meinen Kopf ins Klo."

Oskar nickte nur. Auch er wurde in der Schule gemobbt – allerdings nicht verhauen. Wie auch: Er hatte ja immer seine uralte Leibwache am Hals.

Bevor sie in die Arena zu ihrem ersten Training marschierten, zog Lisbeth Oskar beiseite.

„Hier", sagte sie und überreichte ihm ein in braunes Papier gewickeltes Päckchen.

„Danke. Was ist das?", fragte Oskar und legte sein Ohr auf das Paket.

„Alte Anziehsachen von mir. Damit du aus diesem Dingsda rauskommst." Sie warf dem Honigbärchen auf Oskars Brust einen belustigten Blick zu.

„Danke!", rief Oskar laut und begann sofort, das Päckchen aufzureißen. „Danke, danke, danke." Er zog eine robuste Hose, grobe braune Stiefel, ein weißes T-Shirt und eine braune Lederjacke heraus.

„Sind fast sauber und kaum getragen", sagte Lisbeth. „Die Hose musst du wahrscheinlich an den Beinen umkrempeln. Die dürfte dir etwas zu lang sein."

Oskar strahlte über das ganze Gesicht. „Vielen, vielen Dank!", rief er noch mal und drückte Lisbeth kurz.

Die davon wenig begeistert war. „Hey! Gut jetzt. Nicht anfassen. Okay?"

„Okay!", rief Oskar und raste, da das Bad von Horand besetzt war, kurzerhand in die Küche.

Kaum hatte er die Tür hinter sich geschlossen, stieg ihm der Duft von frischem Kuchen in die Nase. Oskar warf einen Blick in den Backofen, in dem ein Kunstwerk vor sich hin buk und den köstlichen Duft von Zimt, Zucker und Apfel verströmte. Auf dem Herd köchelten zwei große Kessel mit Suppe. Auf Holzbalken, die sich quer durch die Küche zogen, reihten sich Gläser mit getrockneten Kräutern. Auf dem Regal vor dem großen runden Fenster wucherten frische Küchenkräuter in kleinen Tontöpfen, an der Decke baumelten Knoblauchzöpfe, getrocknete Paprika und Pilzgirlanden zwischen Kupferpfannen und verbeulten Kochtöpfen. Und überall standen Dosen mit fertigen Gewürzmischungen der Marke „Fisselsticks Würzzauber", auf denen das Gesicht einer alten Hexe abgebildet war, die mit ihrem Zauberstab in einem offensichtlich leeren Topf rührte und dabei freundlich über ihre Brille hinweg dem Betrachter ununterbrochen zuzwinkerte, als hätte sie einen kolossalen Dachschaden.

Den halben Raum nahm ein alter Holztisch ein, auf dem noch geschnittene Gemüsereste lagen.

„Hallo?", rief Oskar.

Keine Antwort. Naschi war ausgeflogen.

Hastig riss sich Oskar den Schlafanzug vom Leib, knallte ihn in den Mülleimer – und schlüpfte in die coolsten Sachen, die er je getragen hatte.

Er stellte sich vor den blitzblank polierten Kühlschrank und betrachtete glücklich sein Spiegelbild. Er sah aus wie ein Abenteurer aus dem Kino. Irgendwie verwegen, gar nicht mehr wie Drachentöter Honigbärchen. Die Hose war ihm etwas zu lang, aber in die Stiefel gesteckt störte das gar nicht. Ansonsten passten ihm Lisbeths Sachen wie angegossen. Oskar drehte und wendete sich stolz – als sich auf einmal die Kühlschranktür öffnete.

Naschi guckte heraus. Sie trug eine Schlafhaube und ein weißes Nachthemd. Gähnend tastete sie nach ihrer Brille und reckte sich dann ausgiebig.

„Naschi?"

„Die bin ich", gähnte die Fee herzzerreißend. „Hab ein Nickerchen gemacht."

Für Oskar war es Überraschung genug, dass es in Drachenhöhe ganz normale Kühlschränke gab. Dass darin jedoch auch noch Feen pennten, ließ ihm den Mund offen stehen.

„Im Kühlschrank?", fragte er.

„Wo sonst?", antwortete Naschi und flatterte zum Waschbecken. Sie nahm die Brille ab, drehte den Hahn auf und spritzte sich kaltes Wasser aufs Gesicht.

Oskar begutachtete den Kühlschrank. Er war vollgestopft bis obenhin mit Essen, mit Krügen, mit Schüsseln und Schalen, mit Wurst und Käse. Nur im Gemüsefach lagen keine Lebensmittel. Nicht mal eine Mohrrübe. Dafür stand ein kleines Bett darin, kaum groß genug für einen Teddybären. Ein dickes Federkissen und eine zerwühlte rot-weiß gestreifte Daunendecke lagen darauf und ein paar Hausschlappen standen daneben.

„Da ist ein Bett im Gemüsefach!“, rief Oskar erstaunt.

„Ja. Meins“, antwortete Naschi.

„Und warum?“, fragte Oskar und kratzte sich seinen Kopf.

„Weil ich da drin schlafe, du Dummerchen!“, rief die Fee.

„Das habe ich gesehen. Ich verstehe nur nicht, warum du im Kühlschrank schläfst“, fragte Oskar. Wer bitte schön schlief in einem Kühlschrank?

„Ich schlafe im Gemüsefach, um frisch und knackig zu bleiben“, antwortete die Fee und verdrehte die Augen, als ob Oskar etwas schwer von Begriff sei. Dann kam sie auf ihn zugebraust. „Das Gemüse bleibt im Gemüsefach ja auch frisch und knackig“, erklärte sie geduldig. „Und was für Gurken gut ist, kann für Feen ja nicht schlecht sein, oder?“

„Also, ich weiß ja nicht …“, sagte Oskar.

„Sieh mich an!“, forderte sie und brummkreiselte wenige Zentimeter vor Oskars Augen herum. Sie posierte dabei, lächelte übertrieben und warf ihren Haarschopf durch die Gegend, als wäre sie der Star eines Shampoo-Werbespots.

„Bin ich knackig und frisch, oder was?“, fragte sie und klimperte so heftig mit ihren Wimpern, dass ihr die dicke Brille auf der Nase hüpfte. „Nun sag schon! Ich sehe doch knackig aus. Oder etwa nicht?“, zischte sie lauernd. Mit einem Mal surrte sie auf Oskar zu und riss seine Augenlider auf. „ODER ETWA NICHT???“

„Aua! Lass das!“ Oskar wedelte die Fee von seinem Gesicht

weg. Er spürte, dass eine falsche Antwort ihn den Nachtisch kosten könnte. Der brutzelte gerade im Backofen und verströmte einen derart betörenden Apfel-Zucker-Zimt-Duft, dass Oskar schon wieder das Wasser im Mund zusammenlief. „Klar, Naschi", sagte er also schnell. „Logo. Superknackig. Und superfrisch."

„Ach, du übertreibst!", flötete die Fee glücklich, sauste zum Suppentopf und rührte kräftig darin herum. „Aber jetzt muss das Gemüse wieder in den Kühlschrank. Kannst du das bitte machen?" Sie deutete auf ein großes altes Holzfass. Es war bis zum Rand mit Bohnen, Blumenkohl und Brokkoli gefüllt.

Nachdem Oskar das Bettchen aus- und das Gemüse eingeräumt hatte, verließ er die Küche. Naschi, die über ihren Töpfen und Pfannen rührte und probierte und schaufelte, bemerkte davon nichts.

Das härteste Training der Welt

Na endlich“, grunzte Horand, als Oskar zurückkam. „Es ist Zeit.“

Er hatte seine Axt in der Hand und Lisbeth hing der Bogen lässig über der Schulter. Florian stand unbewaffnet neben ihnen und fühlte sich sichtbar unwohl.

Horand drehte sich zur Tür. „Mir nach.“

Gemeinsam marschierten sie den Gang entlang, den Oskar und Florian in der Nacht zuvor bereits kennengelernt hatten. Eine schmale Brücke führte nun über die Drachengrube. Oskar warf einen vorsichtigen Blick nach unten. Fluppe hatte sich wie eine Katze in der Ecke zusammengerollt und schlief tief und fest.

Am Ende der Brücke blieb Horand vor einer Wand stehen.

„Das ist ja eine Sackgasse“, sagte Florian und blickte sich um.

„Das hatte ich euch doch gestern Nacht schon erklärt“,

sagte Lissy. „Die Ein- und Ausgänge tauchen auf und verschwinden wieder. *Die* steuern das, nicht wir. Wir haben keinen Einfluss darauf. Wir sind Gefangene."

Irgendwie erinnerte das Oskar an zu Hause. Nur mit Drachentöten statt Canasta.

Die Wand vor ihnen begann zu leuchten. Erst nur schwach, dann immer heller. Ein Funkenstrahl brach hindurch. Glühende Linien zeichneten sich ab, als würde auf der anderen Seite ein Arbeiter ein Loch in die Wand schweißen. Das Leuchten erlosch zeitgleich mit den Funken und eine Tür erschien. Sie war aus Holz, hing locker in den Scharnieren und hatte ein herzchenförmiges Loch auf Augenhöhe.

Horand drückte die Tür auf und ging hindurch.

Die anderen folgten ihm. In die Arena.

Nun, da die Zuschauer fehlten, war nicht zu übersehen, dass die Arena von Drachenhöhe in die Jahre gekommen war. Ganze Ränge begannen abzurutschen und große Statuen, denen häufig bereits Kopf oder Arme fehlten, drohten zu stürzen.

Oskar aber fand den Bau immer noch atemberaubend. Es war die schiere Größe, die ihn einschüchterte. Niemals zuvor war er sich so winzig und unbedeutend vorgekommen. Voller Ehrfurcht ließ Oskar seinen Blick schweifen. Von den oberen Rängen hinunter zur Loge der Königin, weiter hinunter zu …

Moment. Oskar stutzte. Hatte er da nicht gerade jemanden gesehen?

Tatsächlich.

In der Loge der Königin saß ein Mann mit langen braunen Haaren. Er hatte die Beine lässig auf die Stuhlreihe vor ihm gelegt und rauchte eine Pfeife. Und winkte Oskar zu!

„Lisbeth", flüsterte Oskar und zuppelte sie am Ärmel.

„Was ist?", fragte sie.

„Ich dachte, man käme hier nicht rein."

„Kommt man auch nicht."

„Und wer ist das?" Oskar zeigte nach oben zur Tribüne. Der Mann war verschwunden.

„Ich sehe niemanden", sagte Lisbeth.

„Er ist weg. Aber … ich schwöre dir, da oben in der Loge war gerade jemand."

„In der Loge der Königin?" Lisbeth lachte. „Niemand darf ohne die Königin da hinein! Das war eine optische Täuschung."

Oskar wollte gerade widersprechen, als ihn eine scheppernde Stimme zusammenzucken ließ.

„Drachentöter!"

Oskar fuhr herum und sah nichts.

„Hier unten", blecherte die Stimme genervt.

Ein kleiner Mann begutachtete ihn. Er war barfuß und hatte harte Gesichtszüge, die nur an einigen Stellen von wild wuchernden roten Haarbüscheln verdeckt wurden, so als säßen haarige kleine Tiere in seinem Gesicht. In seinen Händen hielt er einen gewundenen Stock, der locker doppelt so groß war wie er selbst und Oskar bis zum Kinn reichte.

„Ist das ein Zwerg?“, fragte Oskar leise hinter vorgehaltener Hand.

„Schön wäre es“, flüsterte Lisbeth, die dicht neben ihm stand. „Nein. Das ist Makkat. Unser Trainer. Er ist ein Kobold. Ein Schlechtwetterkobold. Du solltest ihn nicht verärgern.“

Aus Gertrude Eleonore Fisselsticks „Handbuch zur Bestimmung aller magischen und nichtmagischen Arten“:

Der Schlechtwetterkobold oder auch Cobalus Hamburgus wird von einem tief sitzenden Hass angetrieben. Schlechtwetterkobolde verabscheuen alles und jeden, bis auf Geldzählen und Lakritze. Sie sind immer deprimiert, selbst wenn sie Geld zählend Lakritze lutschen, und nur ihre Höhenangst hält sie davon ab, sich vom nächstgelegenen Kirchturm zu stürzen. Ihr Hang zum Sadismus macht aus ihnen begehrte Trainer der Drachentöter-Akademie. Gärtner schwören zur Schädlingsbekämpfung

auf einen aus Schlechtwetterkobolden und Minze gebrauten Sud. Dieser vertreibt Blattläuse, lästige Verwandte und macht selbst den lahmarschigsten Schnecken Beine. Als kulinarische Zutat sind sie wenig begehrt: Schlechtwetterkobolde sind so ungenießbar wie ihre Launen.

„Aua!"

Der Schmerz zischte wie ein elektrischer Schlag durch Oskars Körper. Der Kobold hatte ihn mit seinem Stock auf den dicken Zeh geschlagen.

„Aufwachen, Prinzessin!", zischte Makkat.

Tränen schossen Oskar in die Augen. Was dem Kobold sichtlich gefiel. Bloß nicht losheulen, dachte Oskar und hopste auf dem anderen Bein, bis der Schmerz langsam nachließ.

Als der fiese Kobold sich zu Florian wandte, ging der hinter Oskar in Deckung.

„Willst du dich etwa verstecken, du Brotmade?", keifte Makkat.

„Entschuldigung." Florian errötete und quetschte sich schnell zwischen Horand und Lisbeth. Was dem großen Drachentöter gar nicht gefiel – allerdings sagte er nichts. Oskar war überrascht. Es war ganz offensichtlich, dass sogar Horand, dieser Koloss von einem Krieger, es vermied, den Kobold zu verärgern. Anscheinend war Makkat nicht nur fies, sondern auch mächtig.

Die vier Drachentöter standen jetzt in einer Reihe. Makkat sah sie zornig an. Er drückte seinen Rücken durch und stellte sich auf seine Zehenspitzen. Was ihn sofort neun Zentimeter in die Höhe schnellen ließ. Nun reichte er Oskar immerhin bis zum Bauchnabel. Der Kobold stöckelte vor ihnen auf und ab.

„Helden! Todgeweihte! Drachentöter! Ich bin euer Trainer. Makkat!“, schrie er pathetisch, um dann betrübt fortzufahren: „Und das bin ich, obwohl ich die Königin auf Knien angefleht habe, mich stattdessen lieber zu enthaupten. Oh, ich hasse euch vier so sehr!“ Und damit übertrieb Makkat nicht. Er hasste sie wirklich aus ganzem Herzen.

„Und euch beide …“, der Kobold wedelte abfällig zu Oskar und zu Florian, „… euch hasse ich ganz besonders. Himmelherrgott. Seht euch doch nur mal an! Ihr seid winzig. Eure Arme. Seht euch doch nur eure Arme an! Dick wie Essstäbchen. Stark wie Strohhalme. Hat denn keiner von euch Schwachköpfen mal was von Sport gehört?“

Oskar hatte nicht nur von Sport gehört, er liebte Sport. Besonders Fußball. Aber seine Großeltern hielten Fußball für gefährlich und damit war die Sache vom Tisch.

„Was soll ich euch Taugenichtsen nur beibringen? Ihr seid doch zu nix zu gebrauchen. Warum nur straft mich das Leben mit so nutzlosen, potthässlichen Sesselpupsern?“

Genug. Gerade als Oskar „Jetzt reicht's aber!“ und „Wir sind hässlich? Guck mal in den Spiegel, dein Gesicht sieht doch aus wie ein haariger Basketball!“ schreien wollte, knuffte ihn Horand in die Seite. Klappe halten.

Oskar biss sich auf die Lippen. Und Makkat jammerte weiter. „Obwohl es reine Zeitverschwendung ist, werde ich euch im Schwertkampf trainieren. So haltet ihr vier Sekunden länger durch. Wenn überhaupt. Dann werdet ihr vom Drachen geröstet und gefressen. Ihr Glücklichen, wie ich euch beneide!“

Der Schlechtwetterkobold seufzte. Dann klopfte er dreimal mit seinem Stock in den Sand.

Pock. Pock. Pock.

Eine alte Holztruhe schoss aus dem Boden, schwebte einen kurzen Moment in der Luft und landete mit geöffnetem Deckel.

„Nehmt euch ein Schwert“, befahl Makkat.

Die Holztruhe war bis oben hin voll mit Langschwertern. Um genau zu sein, waren es Trainingsschwerter der Marke „Beulenbringer“; sie hatten zwar einen normalen Knauf und ein normales Heft, aber eine ungeschliffene Klinge, um schwere Verletzungen wie abgeschlagene Arme und Köpfe zu vermeiden.

Oskar schnappte sich das erstbeste Schwert und zog es aus der Scheide. Prüfend wog er es in der Hand. Es war schon oft benutzt worden und ziemlich schwer.

Florian bekam seines, wie sehr er sich auch anstrengte, nicht aus der Scheide gezogen.

„Was machst du da?“, keifte der Kobold.

Florian nahm sich das Schwert zwischen die Beine und zerrte mit beiden Händen daran.

„Es klemmt“, ächzte er und zog mit aller Kraft weiter. Da endlich löste sich das Schwert mit einem Ruck und knallte Florian unter das Kinn. Erst flog Florians Kopf nach hinten, dann er selbst und dann landete er krachend auf dem Rücken.

Staub stob auf.

„Er hat sich doch jetzt nicht wirklich selber k. o. gehauen, oder?“, fragte Lisbeth.

„Ich fürchte doch. Er ist schon ein bisschen tollpatschig“, antwortete Oskar mit sorgenvoller Miene.

„Bin ich gar nicht!“, meckerte Florian und rieb sich sein Kinn. „Oha, ein Zahn ist locker.“

„Ja. Toll! Freu dich auf die Zahnfee, du Flasche!“, schrie Makkat.

Oskar war platt. „Gibt es die Zahnfee wirklich?“, fragte er Lisbeth leise.

„Ja, aber wenn dir deine Zähne lieb sind, geh ihr aus dem Weg. Die haut dir schneller eine rein, als du Karies sagen kannst. Und die Goldstücke, die sie dir dann für die fehlenden Beißerchen gibt, sind auch nichts wert. Ist kein echtes Gold.“

Oskar sah Lisbeth ungläubig an. „Sie haut mir eine rein?“

„Oder sie zieht dir die Zähne mit einer Zange. Die Zahnfee ist verrückt nach Zähnen. Und wenn die nicht freiwillig ausfallen, dann hilft sie halt ein bisschen nach.“

Oskar stand der Mund offen. Als er es bemerkte, schloss er ihn schnell.

Bom. Bom. Bom. Bom.

Der Kobold schlug mit seinem Stock mehrfach auf den sandigen Grund der Arena und sofort schossen zwanzig hohe Holzstämme aus dem Boden, so dick, dass selbst Horand sie nicht ganz umfassen konnte.

„Riesenbaby, zeig ihnen, was ich erwarte!“

Horand riss Oskar sein Schwert aus der Hand und zeigte den beiden Neulingen, wie sie es beidhändig zu halten hatten – „Rechte Hand über der linken!“ – und wie sie damit zuschlugen, ohne umzufallen oder sich selbst zu verletzen. „Schwung aus der Schulter holen. Rechten Arm durchdrücken. Erst links. Dann rechts zuschlagen.“

Horand führte das Schwert zur Demonstration langsam erst an die linke Seite des Stamms und sofort danach an die rechte. Dann schlug er den Stamm mit gerade mal vier Schlägen krachend in zwei Teile. Sofort zischte der Stamm in den Boden und ein neuer erschien an gleicher Stelle.

„Jetzt du“, sagte Horand und gab Oskar das Schwert zurück.

„Danke“, sagte Oskar, der Mühe hatte, das Schwert auch nur anzuheben. Er stapfte zum Baumstamm und hoffte, sich nicht total zu blamieren. Vor allem wegen Lisbeth.

Oskar nahm das Schwert in beide Hände, wuchtete es,

so hoch er konnte, eierte ein paar Meter zurück und wieder vor, holte aus, geriet dabei ins Trudeln und schlug zu. Beziehungsweise stupste zu. In Kniehöhe. Dann ließ er das schwere Schwert los und massierte seine krampfenden Oberarme.

Es war erbärmlich.

Ein Elend.

Er hatte versagt. Nicht mal eine klitzekleine Kerbe, nicht mal eine erbsengroße Delle war in der Rinde des Baumstamms zu sehen. Nicht mal ein Glas Limonade hätte er mit so einem Treffer umkippen können.

Zerknirscht drehte sich Oskar um. Horand schüttelte den Kopf, Lisbeth lächelte mitleidig und der Kobold, der schlagartig heftige Kopfschmerzen bekommen hatte, massierte sich stöhnend seine Schläfen.

Als Florian zu seinem Stamm marschierte und dabei das schwere Schwert wie einen Pflug hinter sich herzog, wurde es Makkat zu bunt.

„Stopp. Stopp! So hat das keinen Sinn. So krieg ich nur noch schlimmere Migräne.“

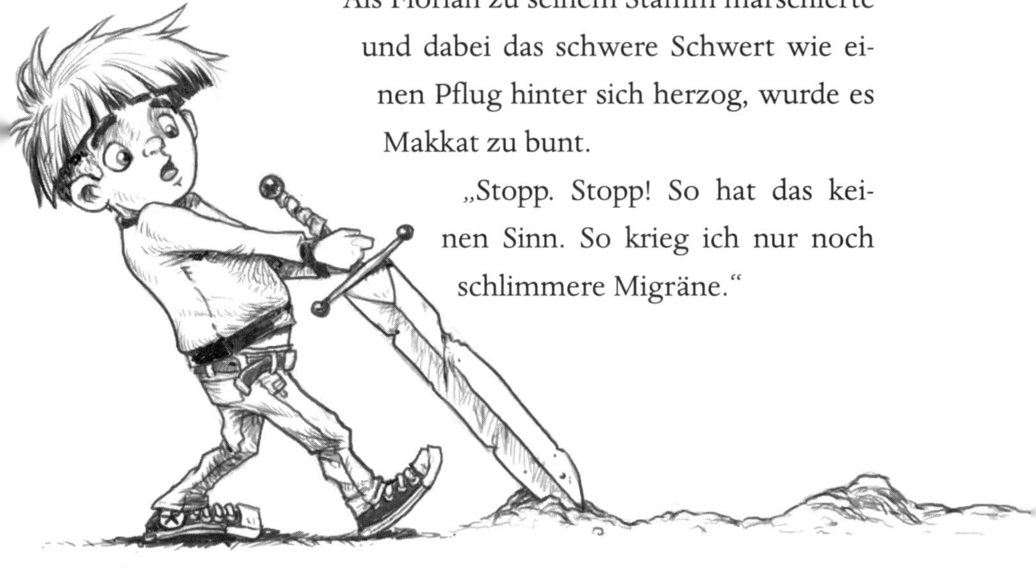

Der Kobold riss erst Florian, dann Oskar das Langschwert aus den Händen, starrte sie fassungslos an, stöhnte kurz auf und reichte ihnen harmlose Holzschwerter.

„Prügelt einfach drauflos. Aber mit vollem Einsatz, wenn ich bitten darf."

„Okay", sagten Oskar und Florian gleichzeitig und begannen, mit den Holzschwertern auf die Stämme einzudreschen, während Horand und Lisbeth in Rekordzeit Sägespäne aus den Baumstämmen machten.

Es war heiß. Der Hochsommer hatte begonnen. Die Sonne brannte gnadenlos von einem wolkenlosen Himmel. Der Schweiß lief ihnen in Strömen über Stirn und Nacken und ihre nasse Kleidung klebte an der Haut wie Kleister. Jeder Schritt und jeder Atemzug schmerzte. Sie trainierten bereits über drei Stunden und hatten genauso lange nichts zu trinken bekommen. Oskars Zunge pappte ihm schon längst dick angeschwollen am Gaumen.

Aber Makkat kannte keine Gnade. Jedes Mal, wenn sie eine kleine Pause machten, schlug er Oskar auf die Füße und Florian bekam harte Schläge auf seinen Hintern, die ihn hüpfen ließen.

„Härter! Schneller! Entschlossener! Drachenhaut ist nicht aus Papier!", schrie Makkat.

Immer und immer wieder ließen sie ihre Schwerter gegen die Stämme krachen, dass ihre Körper durchgeschüttelt wurden. Hunderte, vielleicht sogar Tausende Male – Oskar konnte es nicht mehr sagen. Wie ein Roboter schlug er zu, ohne nachzudenken. Links, dann rechts. Dann wieder links. Splitter flogen von ihren Holzschwertern und sie schlugen weiter.

Erst als der Herbst Einzug hielt und die ersten Blätter fielen, hatte Makkat ein Einsehen mit ihnen.

„Schluss für heute! Aus! Ich kann euch faule Idioten nicht mehr ertragen. Geht mir aus den Augen. Verschwindet endlich! Ihr macht mir Kopfschmerzen, ihr Versager!", zeterte der Kobold.

Oskars Finger waren taub und steif und nur mit Mühe konnte er das Holzschwert aus seiner Hand pulen. Seine Finger waren voller blutiger Blasen, seine Arme waren wie Brei und fühlten sich an, als gehörten sie jemand anderem.

Oskar und Florian waren zu müde, um auch nur ein Wort zu wechseln. Völlig erschöpft, verschwitzt und dreckig schleppten sie sich zurück ins Drachentöterhaus.

Allerlei unerfreuliche Gedanken

In der Stube erwartete sie bereits Naschi mit vier Kelchen und zwei großen Krügen Wasser. Oskar und Florian stolperten hastig auf sie zu und setzten die Krüge gierig direkt am Mund an. Die Küchenfee schnalzte zwar tadelnd mit der Zunge, ließ sie aber gewähren.

Oskar trank und trank. Das kühle Wasser schmeckte besser als alle Limonaden, die Oskar je hatte kosten dürfen. Erst als er den Krug ganz hinuntergestürzt und den längsten Rülpser aller Zeiten losgelassen hatte, fühlte er sich wieder ein klein wenig lebendig. Er ließ sich auf sein Bett plumpsen und streckte stöhnend alle viere von sich.

Naschi warf Oskar und Florian ein Handtuch hin und knallte ein Stück Seife auf den Tisch.

„Duschen, sofort! Ihr stinkt!“, befahl sie knapp. Und folgsam schleppten sich die beiden ins Bad.

Ächzend schlüpfte Oskar aus seinen verschwitzten Sachen.

Jede Faser seines Körpers schmerzte.

Die Duschkabinen hatten keine Türen und Florian hockte bereits auf den Kacheln und ließ sich das heiße Wasser auf den Kopf regnen.

Oskar schlappte in die Kabine neben ihn und drehte den Hahn auf. Seine Arme fühlten sich an wie mit Pudding gefüllte Fahrradschläuche. Seine Lunge brannte immer noch und seine Beine hielten ihn nur mit Mühe aufrecht. Aber das warme Wasser, das auf seinen steifen Nacken prasselte, war herrlich.

In dem Moment öffnete sich die Tür und Naschi kam ins Bad geflattert.

„Hey, wir sind nackt!“, rief Oskar und ging in Deckung.

„Ich bringe euch nur frische Kleidung. Und keine Sorge, ich kann euch nix weggucken, ich sehe nämlich kaum was!“, rief die Fee, deren Brille wegen des Wasserdampfs völlig beschlagen war. Wie ein Scheibenwischer rieb sie mit ihren Fingern über die Gläser und legte zwei Paar dicke Socken, bequem aussehende Hosen und weiße Hemden auf die Waschbecken. „Und das Stinkezeug hier“, die Fee zeigt auf ihre verschmutzten Sachen, „kommt in die Wäsche. Das kriegt ihr dann morgen früh zurück.“ Mit einem schnellen Blick in die Kabinen flog sie kichernd wieder nach draußen.

Oskar seifte sich von Kopf bis Fuß ein und warf die Seife über die Duschwand hinüber zu Florian.

„Aua."

„'schuldigung!"

Allmählich entspannten sich Oskars schmerzende Muskeln ein wenig.

„Morgen haben wir einen üblen Muskelkater!", hörte er Florian stöhnen.

„Garantiert", sagte Oskar. Es grauste ihn, wenn er an den nächsten Tag dachte. Dass der Kobold Rücksicht auf sie nehmen würde, war kaum zu erwarten. Wahrscheinlich würde Makkat eher noch eine Schippe Gemeinheiten draufpacken, nur um sie zu quälen. Vielleicht mussten sie mit Holzschwertern gegen Drachen kämpfen. Oder sich gegenseitig huckepack die Tribünen rauf- und runterschleppen. Irgendwie so was. Oskar seufzte leise und drehte das Wasser ab.

Zum Abendessen gab es dicke Würstchen, Berge von Bratkartoffeln, Spinatsalat und grüne Bohnen. Alle schaufelten es in Rekordzeit in sich hinein. Niemand sprach ein Wort. Kauen, schlucken, nachstopfen. Selbst Flattermanns panische Hackangriffe auf alles, was sich bewegte, wehrten sie wortlos ab, ohne dabei mit dem Essen aufzuhören. Oskar übernahm einfach Lisbeths Technik, die mit der linken Hand ein Handtuch über ihrem Kopf rotieren ließ und die angriffslustige Eule so auf Abstand hielt.

Naschi redete derweil unentwegt auf Flattermann ein und

schwor, dass ihr niemand ans Gefieder wolle. Schließlich beruhigte sich die Eule halbwegs und zog sich schlotternd in ihr Versteck zurück.

„Wenn es dunkel wird, ist sie sehr sensibel“, erklärte Naschi, flatterte hoch, knallte gegen die Decke und stürzte mit dem Nachtisch ab.

Niemals zuvor hatte Oskar einen solchen Hunger gehabt. Nach dem Essen krochen er und Florian mit kugelrunden Bäuchen ins Bett. Keine Minute später schnarchte Florian bereits.

Lisbeth und Horand hatten sich wie am Abend zuvor vor den Kamin gesetzt. Horand entzündete erst einen kleinen Ast über dem Feuer und dann eine Zigarre. Er blies Rauchkringel in die Luft und sah zu, wie sie zur Decke schwebten.

Lisbeth flickte ihre Jacke mit grobem Garn. Sie redeten leise miteinander. Oskars Körper fühlte sich bleischwer an. Er versuchte, das Gespräch am Kamin zu belauschen, aber er konnte kaum die Augen offen halten. Nach ein paar Minuten fiel er in einen unruhigen Schlaf.

Er träumte von Makkat, der ihn beschimpfte, er träumte, wie er mit einem Drachen kämpfte, und er träumte von dem fremden Mann, den er im Stadion gesehen hatte. Nur saß er jetzt nicht mehr in der Loge der Königin, sondern auf einem Baumstamm. Der Mann beachtete Oskar nicht, der mit seinem Holzschwert unten auf den Stamm einprügelte.

Er starrte in die Wolken und wiederholte immer und immer wieder einen einzigen Satz: „Nutz den Drachen für den Himmel."

Als Oskar hochschreckte, war das Feuer fast erloschen. Im Schein von Flattermanns Nachtlicht sah er, wie Lisbeth allein am Kamin saß und mit einem Stock in der Glut herumstocherte.

Merkwürdiger Traum ...

Oskar blinzelte zum Fenster, auf dem die ersten Eisblumen blühten. Ein stürmischer Wind peitschte Schneeflocken durch die Luft und bog die Bäume kreuz und quer. Oskar wickelte sich in seine Bettdecke und schlurfte mit zittrigen, müden Beinen zum Kamin.

„Darf ich?", fragte er und zeigte auf einen Sessel.

„Natürlich", antwortete Lisbeth und Oskar ließ sich in den Sessel plumpsen, dessen weiche Polster ihn regelrecht umarmten.

Lisbeth stand auf und warf ein frisches Holzscheit in die Glut. Das Feuer flammte sofort neu auf und ein Hauch wohliger Wärme strich über sein Gesicht.

„Kannst du auch nicht schlafen?", fragte Oskar.

„Nicht müde", sagte Lisbeth knapp.

„Tut dir auch alles weh?", fragte Oskar.

„Nein. Ich bin dran gewöhnt", antwortete Lisbeth.

„Morgen werde ich mich keinen Millimeter mehr bewegen können“, stöhnte Oskar, aber Lisbeth widersprach: „Oh doch! Naschis Essen schmeckt nicht nur gut, es hilft auch gegen Verletzungen und Muskelkater. Also mach dir keine Sorgen, morgen früh bist du wieder topfit.“

Oskar fand schon, dass er sich Sorgen machen sollte. Denn selbst wenn er topfit war, war er immer noch ein erbärmlicher Drachentöter.

Gemeinsam schauten sie ins Feuer und schwiegen eine Weile. Lisbeth, weil sie es so gewohnt war und die Stille mochte, und Oskar, weil er sich nicht traute, Lisbeth eine Frage zu stellen. Dabei brannten ihm so viele unter den Nägeln. Erst als sie das nächste Scheit ins Feuer warfen, fasste er Mut.

„Sind alle Drachen so wie Fluppe?“, fragte Oskar.

Lisbeth kicherte, bevor sie antwortete. „Schön wär's. Aber nein. Leider so gar nicht.“

Oskar hatte mit dieser Antwort gerechnet. Wenn alle wie Fluppe wären, könnte man die Drachenkämpfe vergessen. Wer will schon Drachentöter sehen, die von Drachen nass gespuckt werden?

„Sag mal, Lisbeth …“

„Kannst Lissy zu mir sagen“, sagte Lisbeth.

Oskar fühlte sich geschmeichelt. „Oh, danke“, sagte er.

„Brauchst dir nix drauf einbilden“, setzte Lissy sofort nach. „Ich hasse nur den Namen.“

„Lisbeth?“, fragte Oskar.

„Welchen sonst?“

„Deinen Nachnamen?“, entgegnete Oskar.

Lissy schnaufte auf. „Ich habe keinen Nachnamen.“

Oskar war überrascht. Jeder Mensch hatte einen Nachnamen. Und Lisbeth war ja wohl eindeutig ein Mensch. Auch wenn sie, zugegeben, außergewöhnlich geschickt und schnell war. So geschickt und schnell, wie Oskar noch nie zuvor jemanden gesehen hatte.

„Warum hast du keinen Nachnamen?“, hakte Oskar nach.

„Oh, wahrscheinlich habe ich einen. Ich kenne ihn nur nicht“, erklärte sie.

„Hast du dich auch hierhergewünscht?“, fragte Oskar.

„Nein. Ich bin schon immer hier. War nie woanders.“

Oskar wunderte sich, dass Lissy das ohne Verbitterung sagte. War sie etwa gern hier? „Du warst nie woanders?“

„Nein“, sagte Lissy und warf ein weiteres Scheit ins Feuer. „Aber warum bist *du* hier?“

Oskar erzählte alles. Er berichtete von seinen Eltern, die in der Südsee verschollen waren, und wie er von seinen Großeltern ans Haus gekettet wurde, weil sie ihn immer beschützen wollten. Immer. Jede Minute. Jeden Tag. Und wie langweilig das war.

Lissy sah Oskar direkt an. Aber anders, als er es erwartet hatte. Ganz und gar nicht mitfühlend.

„Echt? Das ist natürlich hammerhart und kaum auszuhalten, von seiner Familie beschützt zu werden." Lisbeth lachte höhnisch auf, bevor sie fortfuhr: „Schon mal daran gedacht, dass nicht nur *du* deine Eltern vermisst, sondern deine Großeltern auch? Das sind schließlich ihre Kinder. Und hältst du es nicht für möglich, dass sie geradezu verrückt sind vor Angst, auch dir könnte etwas zustoßen? Meine Güte, Oskar! Wir hatten Kinder hier, die sich hergewünscht haben, weil sie jeden Tag von ihren Eltern halb totgeprügelt wurden. Wir hatten hier welche, die so ausgehungert ankamen, dass sie den Weg ins Drachentöterhaus nicht mehr allein laufen konnten. Aber hey, alles halb so wild! Denn du, du musstest abends früh ins Bett!"

Lissy schüttelte den Kopf und spuckte ins Feuer. Es zischte.

Heißes Blut schoss Oskar ins Gesicht. Er schämte sich. Vor Lisbeth – aber vor allem, weil er nie selbst daran gedacht hatte. Natürlich, auch seine Großeltern litten darunter, dass seine Eltern weg waren! Eltern sollten ihre Kinder nicht verlieren.

Sein Herz bekam einen Stich. Und es pochte laut und heftig, als ihm noch etwas anderes klar wurde: Nun war auch noch ihr Enkel weg. Er stellte sich vor, wie seine Großeltern und Großtante Betti ihn verzweifelt suchten. Wie sie panisch die Polizei riefen und wie diese den Wald nach ihm durchkämmte und seinen Großeltern die schlechte Nachricht überbrachte: „Wir haben ihn nicht gefunden. Er ist wohl tot.“

Oskar sah seine Großmutter zusammenbrechen, er sah Tante Betti, wie sie wie ferngesteuert vor seinem Kleiderschrank stand und seine Anziehsachen streichelte, er sah seinen Großvater, wie er Stunde um Stunde mit seinem alten Fernglas aus dem Küchenfenster die Waldgrenze beobachtete, immer in der Hoffnung, dass Oskar am Horizont auftauchte und einfach wieder da wäre – so als wäre nichts, rein gar nichts geschehen.

Oskar musste schlucken. Tränen schossen ihm in die Augen.

Er musste hier weg.

So schnell wie möglich wollte er nach Hause, „Alles ist gut“ rufen und: „Ich bin wieder da!“ Er hatte keinen blassen Schimmer, wie er das anstellen sollte. Aber es musste einen Weg geben.

Spucke und Tränen

Am nächsten Morgen sah das Spielfeld der Arena wie ein Bergkamm aus. Dort, wo gestern noch Baumstämme aus dem Boden ragten, waren scheinbar über Nacht Felsen gewachsen. Manche von ihnen waren mehrere Meter hoch und kaum zu erklimmen, andere waren so flach, dass man nur liegend hinter ihnen Schutz finden konnte. Schmale Wege führten durch die Felsen hindurch. Und am Ende des breitesten Weges stand Fluppe neben einer roten Fahne.

Seine schuppige Drachenhaut glänzte in der Frühlingssonne wie ein frisch gemähter Rasen. Sein ganzer Körper war mit lustigen kleinen gelben Punkten übersät, als wüchsen kleine Butterblumen auf ihm.

Fluppe sah für einen Drachen wirklich kein bisschen gefährlich aus. Vor allem jetzt nicht, wo er auf seinem Hintern saß und ihnen freundlich zuwinkte. Oskar hob die Hand und winkte zurück, was Makkat überhaupt nicht gefiel.

„Hier spielt die Musik!", schnarrte er und Oskar nahm die

Hand runter. Sie stellten sich in einer Reihe auf, während Makkat das bevorstehende Training erklärte.

„Da ihr gestern auf ganzer Linie versagt habt und auch kein bisschen Hoffnung besteht, dass ihr euch im Schwertkampf verbessern werdet, trainieren wir heute das Ausweichen eines Drachenangriffs. Ziel ist es, die Drachenfahne zu erobern und hierher zurückzubringen. Verteidigen wird die Fahne unser Trainingsdrache Fluppe …"

Makkat deutete zu Fluppe rüber, der lässig an der roten Fahne lehnte, in seiner Nase rumbohrte, seinen üppigen Fund begutachtete und angeekelt wegzuschnippen versuchte. Was ihm mehrfach misslang. Da auch Drachenpopel eine klebrige Angelegenheit sind, blieb Fluppe nichts anderes übrig, als seinen Popel an einem Felsen abzureiben.

„Den Felfen würde ich lieber nicht anfaffen!", schrie Fluppe. „Nur eine Warnung!"

Stöhnend drehte sich Makkat wieder zu ihnen um und massierte murmelnd seine Schläfen: „Wie ich diesen Hirni-Drachen hasse." Dann blickte er mit schmalen Augen auf und nickte Lisbeth zu. „Du fängst an. Zeig ihnen, wie's geht."

Und Lisbeth legte los. Sie zischte über den ersten Felsen und huschte gebückt einen schmalen Weg entlang, der mittig durch die Berglandschaft führte. Auch Fluppe setzte sich in Bewegung. Er erklomm einen hohen Felsen zu seiner Seite und hielt nach Lisbeth Ausschau. Die hatte sich bereits nach

ganz links verzogen und schlich um einen mächtigen Felsen, der nur knapp siebzig Meter vor Fluppe vor einer Senke endete. Mit einem geschickten Sprung wechselte Fluppe seine Position. Wuchtig landete er genau auf dem Berg, hinter dem sich Lisbeth versteckt hielt. Beide trennten nicht einmal zwei Meter. Aber noch hatte Fluppe sie nicht entdeckt.

Lissy ging in die Knie, tapste lautlos um den Drachen herum und raste hinter seinem Rücken zur Fahne.

Fluppe schnellte herum und spie. Ein gewaltiger Schwall Spucke verdampfte und zischte zu Lisbeth, die schlug einen Haken und wich der Wasserdampfwolke aus, die als Niederschlag auf den Felsen niederging.

Fluppe drehte sich überraschend schnell und sprang zurück. Lisbeth aber hatte sich schon die Fahne geschnappt und warf sich genau rechtzeitig auf den Bauch, um sich unter der nächsten Wasserdampfwolke hinwegzuducken. Die sauste über sie hinüber.

Sie sprang auf und lief weiter, die Fahne in der Hand, bis zum nächsten Felsen.

Fluppe blieb ihr auf den Fersen. Er schlug heftig mit seinen Flügeln und stieg auf, so hoch er konnte, bis zur Loge der Königin, wo sich die Kette an seinem Fuß straffte.

Von dort aus suchte er das Gelände nach Lissy ab. Die kauerte sich unter einen Felsvorsprung, quasi direkt unter ihm, blieb in Deckung und wartete darauf, dass Fluppe wieder landete. Lang konnte es nicht dauern; da er immer an der Kette lag, stand es mit seiner Kondition nicht zum Besten.

Fluppe keuchte mit hochrotem Kopf im Rhythmus seiner immer langsamer werdenden Flügelschläge. Dicke Schweißperlen liefen seine Stirn hinunter, klatschten auf den Boden und hinterließen tiefe Pfützen.

„Dieser Drache ist so eine Lachnummer. Oh, wie ich ihn hasse!“, ätzte Makkat.

Fluppe fiel es immer schwerer, in der Luft zu bleiben. Er sank ab, kämpfte sich ein letztes Mal ein Stück hoch und landete schließlich. Mit hängenden Flügeln ächzte er: „Feitenftechen!"

Lisbeth nutzte die Chance und sprintete los. Sie übersprang Steine, umkurvte Felsen, rutschte Geröll hinunter und erreichte das Ziel, bevor Fluppe wieder bei Atem war.

Makkat nickte Lisbeth zu. Die rammte die Fahne so heftig vor ihm in den Boden, dass die Erde zu beben begann.

Die Erschütterungen fuhren Oskar in die Beine. Er wankte. Alle wankten. Selbst Horand kämpfte breitbeinig um Halt. Das ganze Stadion, die Tribünen, selbst das Dach zitterte. Staub wirbelte auf und kleine Steine platzten aus dem Mauerwerk und rieselten zu Boden. Statuen kippten, stürzten in den Abgrund und zerschellten wie Glas. Dann, so schnell wie das Beben begonnen hatte, endete es wieder.

„Was war das? Das kann doch nicht die Fahne gewesen sein?", fragte Florian ängstlich.

„Nein, das lag nicht an der Fahne. Das war ein Erdbeben. Die Erde ist verletzt und hat vor Schmerz gebebt", antwortete Lissy. Sie sah traurig aus.

Und noch bevor Oskar seinen Gedanken zu Ende gedacht hatte, wie die Erde verletzt sein konnte, schubste Makkat ihn in die Arena.

„Und jetzt du!"

Oskar versuchte, sich genau daran zu erinnern, welchen Weg Lissy eingeschlagen hatte. Er rannte, so schnell er konnte, zum ersten größeren Felsen und huschte geduckt weiter. Er bog nach rechts ab, dann noch einmal – und schon wusste Oskar nicht mehr, wo er war. Durchschnaufen und orientieren. Der Loge der Königin nach war Oskar auf dem richtigen Weg. Er hockte sich hin und lugte um den Felsen.

Von Fluppe war weit und breit nichts zu sehen. Was auch kein Wunder war, denn Fluppe stand genau hinter ihm. Vorsichtig schlich Oskar weiter. Der Drache tat es ihm gleich –

nur einen Meter hinter ihm tapste er Oskar nach und machte ihm Hasenohren. Fluppe konnte für ein Wesen, das so groß und schwer war, überraschend gut schleichen.

Oskar hörte Gelächter. Er drehte sich um. Fluppe, der damit gerechnet hatte, huschte schnell wieder hinter Oskars Rücken und somit aus seinem Blickfeld, so dass Oskar nur den lachenden Horand sah und Makkat, der offensichtlich wieder unter heftigen Kopfschmerzattacken litt.

Vorsichtig krabbelte Oskar den größten Felsen von allen hoch – und unmittelbar hinter ihm Fluppe. Oskar wunderte sich. Der Drache schien vom Erdboden verschluckt. Um einen besseren Überblick zu haben, stellte sich Oskar hin. Aber Fluppe blieb verschwunden.

Da tippte jemand Oskar von hinten auf die Schulter. Oskar fuhr herum.

Nichts. Hatte er sich das nur eingebildet? Hatte ihn ein Steinchen getroffen? Es war ziemlich windig.

Die Antwort bekam Oskar, als er sich wieder zur Fahne umdrehte. Fünf Zentimeter vor ihm tauchte das riesige Gesicht von Fluppe auf. Der schrie glücklich: „Hab dich!“, riss sein Maul weit auf und ballerte ihm derart Wasserdampf vor den Kopf, dass Oskars Haare nach hinten flogen, als säße er bei Tempo 300 in einem Cabrio auf der Autobahn.

„Igitt! Drachenspucke!“, japste Oskar, der feststellen musste, dass Fluppe zwar ein netter Kerl war, das Zähneputzen aber nicht so wichtig nahm. Der Wasserdampf roch nach alten Tennissocken, Zwiebeln und einem Frühstück, das wohl aus Leberwurst und Nierchen bestanden hatte.

Nass und stinkend trottete Oskar mit hängenden Schultern zu den anderen zurück. Die amüsierten sich prächtig.

Bis auf Makkat. Der bebte vor Zorn. „Noch mal!“, brüllte er.

Bis die Abenddämmerung aufzog, hatte Oskar fünfzehnmal versucht, den Drachen zu überlisten. Und einmal hatte er es auch fast bis zur Fahne geschafft, als Fluppe ihn doch wieder vollspuckte. Diesmal vom Himmel aus.

„Nach oben gucken! Drachen können fliegen, du Vollhorst!“, schrie Makkat. „Ach, es hat keinen Sinn. Genug! Du bist fertig für heute.“

Oskar war von Kopf bis Fuß klatschnass. Drachenspucke

tropfte aus seinen Haaren, seiner Kleidung und seinen Ohren. Vor Wut und Scham war er den Tränen nah. Nie zuvor in seinem Leben hatte sich Oskar so unfähig gefühlt.

Nicht einmal der kleine Florian stellte sich so dusselig an wie er. Denn beim allerletzten Versuch gelang es ihm unter großem Applaus, sich bis zur Fahne durchzukämpfen, sie zu schnappen und zurückzulaufen, bevor er kurz vor dem Ziel doch noch von Fluppe erwischt wurde.

Missmutig und wortkarg schlang Oskar sein Abendessen hinunter, während Florian gar nicht aufhören konnte, von seinen Heldentaten in der Arena zu erzählen.

„Und dann bin ich einfach unter Fluppes Beinen durch und direkt hinter den nächsten Felsen gerannt. Mann, das war so knapp, das gibt es gar nicht!“, jubelte er mit leuchtenden Augen.

Lisbeth und Horand lobten Florian über den grünen Klee. Was dessen Brust vor Stolz anschwellen ließ.

Über Oskars Leistung verloren sie nicht viele Worte.

„Wird schon“, murmelte Lissy.

„Hm“, brummte Horand.

Oskar nahm seinen ganzen Mut zusammen und stellte die Frage, die ihm seit dem Training auf der Seele lag: „Wann wird der erste Kampf sein?“, fragte er zittrig.

Lissy sah von ihrem Teller auf. „Wissen wir nicht. Die

Kämpfe finden unregelmäßig statt. – Aber mach dir keine Sorgen", fügte sie schnell hinzu. „Die Königin will ein ordentliches Gemetzel sehen. Sie wird euch genug Zeit geben, in Form zu kommen."

Aber Oskar wurde sein fieses Gefühl nicht los. Erst Naschi gelang es, ihn zu trösten. Sie brachte ihm einen riesigen, selbst gemachten Lutscher, der nach Orange und Erdbeeren schmeckte, und kniff ihm aufmunternd in die Wange.

„Sei nicht traurig, Oskar. Es ist noch kein Meister von der Decke gefallen. Du musst nur üben und geduldig sein. Dann klappt das. Da bin ich mir ganz sicher."

„Ganz sicher?"

„Ganz sicher!", bestätigte die Fee strahlend und Oskar schöpfte tatsächlich wieder etwas Mut. Er würde das schon hinkriegen. Irgendwie. Er war kein Idiot, der gegen Drachen kämpfen musste. Und als er den Lutscher fertig gelutscht hatte, freute er sich sogar ein bisschen für Florian mit.

Die folgenden Tage liefen für Oskar immer gleich ab. Aufstehen. Waschen. Frühstücken. Um sich frisch gestärkt – mal im Schwertkampf, mal im Fahnenspiel – bis auf die Knochen zu blamieren. Sich ausgehungert in Rekordzeit den Magen vollstopfen. Schlafen.

Auch Flo kam nach seinem Anfängerglück nur noch im Schneckentempo voran. Die Anstrengungen waren mörderisch. An etwas anderes als an Schlaf war nach dem Training nicht zu denken. Und Abend für Abend fielen die beiden todmüde und enttäuscht in ihre Betten.

Das einzig Gute daran war, dass Oskar kaum an zu Hause denken musste. Wie furchtbar er sie nun vermisste: seine Großeltern, seine Tante und alles andere, was ihm noch vor kurzem so sehr auf die Nerven gegangen war. Er hatte einfach keine Zeit zum Nachdenken. Und wenn die Bilder aus seinem alten Leben doch einmal aufblitzten, in den wenigen, kostbaren Momenten der Ruhe, stach es ihm ins Herz. Dann musste er mit den Tränen kämpfen. Und er verfluchte sich selbst, seine Dummheit, sich nach Drachenhöhe gewünscht zu haben – und seine totale Unfähigkeit in der Arena.

Und dann, schließlich, an einem denkwürdigen Freitag, es war schon Herbst, machte Oskar zur Überraschung aller erste sichtbare Fortschritte. Sein Schwertkampf sah endlich nach einem echten Schwertkampf aus und nicht, als wolle er panisch eine Wespe verscheuchen. Und im abschließenden Fahnenspiel gelang es ihm tatsächlich, die Fahne nicht nur erstmals zu erreichen, sondern sie unter großem Applaus knochentrocken ins Ziel zu bringen.

Lob gab es zwar keines von Makkat. Aber der Kobold verzichtete darauf, ihn wie üblich als Made, Popel oder Heulsuse zu beschimpfen. Er entließ die Drachentöter überraschend freundlich in den Feierabend.

Und es gab noch eine weitere Überraschung.

„Morgen ist Feiertag – unsere Königin hat Geburtstag“, verkündete der Trainer. „Nicht, dass ihr einen trainingsfreien Tag verdient hättet, aber eine Pause zum Durchschnaufen kann nicht schaden. Zumindest mir nicht“, setzte Makkat hinzu und begann, ihnen den Weg zum Drachentöterhaus frei zu zaubern.

„Vielleicht ist er nett, kann es aber nur nicht zeigen?“, vermutete Florian und sah ihm hinterher. Er hatte sich heute ebenfalls wacker geschlagen und Makkat hatte ihn nur ein einziges Mal versohlen müssen.

Auch Lisbeth schaute Makkat nach. „Eher nicht. Er ist ein Schlechtwetterkobold. Die sind nicht nett. Aber als Trainer freut er sich wirklich ein bisschen über eure Fortschritte.“

Oskars Gesicht glühte vor Stolz. Besonders als Horand ihn lobend anbrummte: „Gut gemacht. Wirst noch ein echter Drachentöter.“ Dann klopfte er Oskar so heftig auf die Schulter, als wolle er ihn wie einen Nagel in die Wand hauen.

An diesem Abend war es Oskar, der seine Heldengeschichte bis ins kleinste Detail ausbreitete. Oskar war völlig aus dem Häuschen. Immer wieder schilderte er seinen Triumph über den Drachen. Die anderen ließen ihn erzählen und nickten ihm freundlich zu – nach all den Demütigungen hatte sich Oskar ein bisschen Angeberei verdient.

Aber irgendwann, als Oskar plötzlich die versteinert lächelnden Gesichter um sich herum wahrnahm, wechselte er mitten im Satz das Thema: „… na ja, und was machen wir morgen?“

„Ausschlafen. Klamotten flicken. Waffen auf Vordermann bringen. Was sonst?“, grummelte Horand.

„Dürfen wir denn nicht raus?“, fragte Oskar. „Wir haben doch einen freien Tag!“

„Doch, natürlich“, sagte Lisbeth. „Wir müssen nur die Fesseln tragen.“ Sie zeigte auf ein paar eiserne Ringe, die über dem Kamin unter den zwei gekreuzten Schwertern hingen.

Oskar nahm eine Fessel von der Wand. „Ganz schön schwer“, sagte er und wog sie in seiner Hand. „Und was macht man damit?“

„Die trägt man um die Hand, wie einen Armreif.“

„Und warum?“

„Damit wir nicht fliehen können. Wenn wir die tragen, wissen sie jederzeit, wo wir sind. Und falls du zu fliehen versuchst oder die Fessel außerhalb des Drachentöterhauses ablegen willst, zieht sie sich immer weiter zu, bis du verrückt vor Schmerzen wirst.“

„Hast du das mal ausprobiert?“, fragte Florian.

„Allerdings.“ Lisbeth zog ihren Ärmel hoch und präsentierte eine lange wulstige Narbe, die sich einmal um ihr Handgelenk zog. Vorsichtig hängte Oskar die Fessel wieder an ihren Platz zurück.

„Egal! Lasst uns ausgehen und Spaß haben! Vielleicht gehen wir ein Eis essen? Oder wir schauen uns in den Geschäften um, was es so gibt“, schlug Oskar vor.

„Wozu?“, brummte Horand. „Wir haben kein Geld.“

Oskar verstummte.

Dass sie kein Geld hatten, darüber hatte er noch gar nicht nachgedacht.

Zu Hause bezahlten seine Großeltern das, was er für die Schule brauchte. Und auch das Eis, das sie alle Jubeljahre mal essen gingen. Zwar bekam er pünktlich jeden Sonntag nach dem Frühstück ein kleines Taschengeld von seiner Oma, aber das musste er sofort an Opa weiterreichen, der es am nächsten Morgen für ihn zur Bank brachte.

„Dann schauen wir uns halt einfach nur die Stadt an", wandte Flo nun ein. „Dafür braucht man kein Geld. – Ich bin dabei, Oskar!", verkündete er.

Oskar strahlte. Dann schauten sie beide erwartungsvoll zu Lisbeth und Horand hinüber.

„Allein sollten die Kleinen auf keinen Fall in die Stadt gehen", sagte Naschi, die gerade die Decke von Milchreis säuberte.

„Na gut, okay", sagte Lissy zögerlich, „ich geh mit. Aber erwartet nicht zu viel. Die Einheimischen sind alles andere als nett."

„Super!", freute sich Oskar. „Und was ist mit dir, Horand?"

Auch der alte Drachentöter willigte schließlich grummelnd ein. Obwohl Oskar spürte, dass Horand nur wegen Lisbeth mitkam, beruhigte es ihn, den alten Haudegen an ihrer Seite zu wissen.

Goldenhöhe am Goldenberg

Obwohl Oskar so aufgeregt war, dass er die halbe Nacht wach gelegen hatte, sprang er am nächsten Morgen frisch und gut gelaunt aus dem Bett. Heute war Feiertag! Und sie machten einen Ausflug!

Oskar spritzte sich Wasser ins Gesicht, schlang sein Frühstück in Windeseile hinunter und schnallte sich die Armfessel um.

„Jetzt beeilt euch mal!“, quengelte er in Richtung Flo, Horand und Lissy, die noch verschlafen vor ihren vollen Tellern saßen. Und indem Oskar sie Bissen für Bissen zur Eile antrieb, verließen kurz darauf alle vier das Haus.

Oskar staunte, als er zum ersten Mal die Arena durch das gigantische Haupttor verließ, durch das an Kampftagen die Massen in das Stadion strömten. Das also waren die angeblich so prächtigen Straßen von Goldenhöhe! Die Gassen waren eng und schmuddelig, die Häuser verrußt und in die Jahre gekommen. Die ganze Gegend war offensichtlich bettelarm. Wie Lissy erklärte, lagen das Drachentöterhaus und die Arena etwas außerhalb des Zentrums von Goldenhöhe, in einem Vorort namens Bronztal.

Es gab kaum Geschäfte hier, und die paar wenigen Bruchbuden boten nur dürftig Waren an. Kartoffeln und Rüben. Kohlen und Öllampen. Sonst gab es nichts.

Nicht einmal eine anständige Straße. Der Boden der Gasse war nicht geteert oder gepflastert, sondern bestand lediglich aus festgetretener Erde. Die präsentierte sich so früh am Morgen allerdings noch ziemlich durchweicht. In der letzten Nacht hatte es besonders viel geschneit. Sie hüpften über Pfützen voller Schmelzwasser, staksten vorsichtig durch matschige Stellen und wichen kleinen Bächen aus, die talwärts zur Arena strömten. Oskar fröstelte etwas. Der Sonne fehlte noch Kraft.

Kein Mensch, kein Zwerg, kein Zauberer war auf der Straße zu sehen. Wie eine Geisterstadt, dachte Oskar.

Sie erreichten eine große Straße, die einmal um Goldenhöhe herumführte. Oskar und Flo traten mit großen Augen aus der verlassenen, einsamen Gasse – mitten ins Getümmel. Zahllose Kutschen und Reiter verstopften sich gegenseitig den Weg, von allen Seiten ertönten wildes Geschrei und wüste Beschimpfungen.

„Hör auf zu drängeln, du elbische Wildsau!“

„Ich hab Vorfahrt!“

„Noch ein Wort und ich fahr dir hinten rein!“

„Hexen sollten überhaupt keine Kutsche fahren dürfen!“

„Noch ein Wort und ich verwandle dich in eine Kröte!“

„Ich muss mal Pipi!“

„Auch das noch! Mein Pferd hat einen Platten!“

„Sind wir bald da?“

„Halt die Klappe!“

Es war ein einziges Durcheinander.

„Da, Oskar!“ Flo zupfte ihn aufgeregt am Ärmel. Ein paar Meter von ihnen entfernt bahnte sich ein waschechter Troll seinen Weg durch das Gedränge, indem er jedem Hindernis mit seiner Keule auf den Kopf schlug. Dahinter ruderte ein giftiger kleiner Zwerg in einer grünen Uniform mit Schirmmütze und Trillerpfeife mit den Armen und versuchte hektisch, des Verkehrschaos Herr zu werden. Es war aussichtslos.

„Schnell, jetzt!“ Horand und Lissy rasten los. Oskar und Florian hatten Mühe, ihnen zu folgen. Die vier quetschten sich an zwei Kutschen vorbei, duckten sich unter dem Bauch eines empörten Einhorns hindurch, hüpften über einen Ochsenkarren, wichen geschickt der Keule des Trolls aus und erreichten endlich die andere Seite der Straße.

„Geschafft!“, ächzte Oskar erleichtert und während ihnen der Polizist wütend hinterherpfiff, klatschte er mit Florian ab.

„Weiter geht's! Es ist noch ein gutes Stück!", rief Horand.

Sie erreichten eine Stadtmauer. Und dahinter erhob sich auf einem Berg Goldenhöhe. Die sagenhafte Stadt Goldenhöhe.

Hier waren die Straßen nicht aus festgetretenem Lehm, sondern aus buntem Kopfsteinpflaster und die Häuser waren größer und prächtiger. Auch wenn sich teilweise Risse durch die Fassaden zogen.

Überall in den kleinen verwinkelten Gassen herrschte ein reges Treiben: Zwerge, Elben, Zauberer und Hexen, Kobolde und Feen schwirrten und liefen oder schwebten und flogen herum. Die ganze Stadt schien auf Achse. Mit großen

Augen liefen Oskar und Florian hinter Lisbeth und Horand her, der ihnen wie ein Eisbrecher den Weg durch die Massen frei räumte.

Sie überquerten den Elder-Sarina-Platz 9, liefen ein gutes Stück die Elder-Sarina-Straße 7 entlang, passierten die Königin-Elder-Sarina-Gasse 3 und bogen in die Elder-Sarina-Allee ein, die großartigste aller Straßen Goldenhöhes. Kaum hatte Oskar einen Fuß in die Allee gesetzt, wurde es Nacht.

„Was ist das?“, staunte Oskar, während sich seine Augen langsam an die plötzliche Finsternis gewöhnten.

„Hier ist es immer dunkel, damit die Beleuchtung besser zur Geltung kommt“, erklärte Lisbeth und lächelte.

Und die Beleuchtung war toll, fand Oskar. Supertoll sogar! In den Bäumen, die sich links und rechts der Straßen reihten, flackerten unzählige Kerzen. Golden leuchtende Girlanden spannten sich kreuz und quer über die Straße. Und über den Wipfeln der Bäume kreisten Glühwürmchen, groß wie ausgewachsene Dackel.

Oskar wagte kaum zu blinzeln, aus Sorge, der Lichtzauber könnte verschwinden, sollte er auch nur für den Bruchteil einer Sekunde die Augen schließen. So etwas Traumhaftes, Wunderschönes hatte Oskar noch nie gesehen. Bislang kannte er nur die Haupteinkaufsstraße von Waldende. Auch die wurde zur Weihnachtszeit fein herausgeputzt – aber im Vergleich zur Elder-Sarina-Allee sah die „Marktstraße“ selbst an Heiligabend aus wie ein Hundehaufen, in den man eine Kerze gesteckt hatte.

Ein wundervoller Laden folgte hier dem nächsten. Und jeder schien Oskar prächtiger zu sein als der zuvor.

Vor einem der Geschäfte stand ein lustig ausschauender Gnom hinter einer kunstvoll verzierten Drehorgel und drehte behutsam die Kurbel. Die Musik klang süß. Sie schmeichelte sich in Oskars Ohr. Als der Leierkasten-Gnom Oskar und die anderen erblickte, lupfte er freundlich lächelnd den Zylinder, der ihm schief auf dem Kopf saß, und verbeugte sich tief. Automatisch verbeugte sich auch Oskar. Da begann der Gnom zu singen. Und obwohl seine Stimme kaum lauter war als das Wispern des Windes in den Baumkronen, ging Oskar die Melodie durch Mark und Bein und wärmte ihn aus seinem tiefsten Inneren. Oskar verstand nicht, was gesungen wurde. Er erkannte nicht einmal die Sprache, in der der Gnom sang. Aber die Melodie kam ihm vertraut vor, so als würde er sie schon seit seiner Wiegenzeit kennen. Als habe ihn seine Mutter mit dieser Musik in den Schlaf gesummt. Auf einmal spürte Oskar, dass er in diesem Geschäft etwas kaufen musste. Egal was. Am besten alles. Und zwar sofort.

„Hey!“ Lisbeth schnippte mit ihren Fingern wild vor seinen Augen herum.

„Hrgmpfxs …“ Oskar schüttelte sich. „Was … Hä?“ Er rieb sich die Augen. „Was ist los?“

„Du darfst dem Orgelspieler nicht so genau zuhören! Der ist nur hier, um dich in Kauflaune zu singen."

„Ach, du spinnst ja", wollte Oskar sagen, als er sah, wie zwei Zwerge mittleren Alters mit glänzenden Augen und gezücktem Geldbeutel vom Leierkastenspieler weg- und in das Geschäft stürmten, nur um wenige Sekunden später vollbeladen mit prall gefüllten Tüten wieder zurück auf die Allee zu rasen. Dort hörten sie dem Gnom erneut zu, machten wieder kehrt und rasten mit ihren Geldbeuteln wieder zurück in den Laden.

„Los, komm." Lissy zog Oskar weiter.

Sie bewunderten die Auslagen der Geschäfte, staunten über Zauberstäbe und fliegende Besen und hörten verblüfft, wie ein kleiner Hund in einem Zoogeschäft für magische Tiere behauptete, bereits stubenrein zu sein.

„Ich mache mein Häuflein nur draußen oder direkt in die Toilette", flötete er stolz mit wedelndem Schwanz, was die Katze, die direkt über ihm in einem Käfig saß, zum Piepen fand.

„Das stimmt doch gar nicht!", rief sie. „Wer hat denn eben noch in sein Körbchen gepinkelt?"

Oskar bekam seinen Mund nicht mehr zu. Vor allem, als er die Volkslieder singenden Frösche entdeckte und die verrückten Fische, die in ihren Gläsern schwammen und sekündlich ihre Form und Farbe wechselten.

Goldenhöhe war fantastisch!

Am besten gefiel Oskar die Konditorei. Dort stand eine einzige eher unscheinbare Sahnetorte im Schaufenster, die aussah wie ein riesiges weiß-grünes Sahnehäubchen in Form einer Spirale. Als Oskar und Florian die Torte ansahen, begann sich die Spirale zu drehen, erst langsam, dann immer schneller. Weder Oskar noch Flo konnten den Blick von ihr abwenden, wie sie sich drehte, weiß und grün, grün und weiß, immer im Kreis …

Erst wurde Oskar etwas schwummerig, dann geriet er ins Träumen. Er sah nichts mehr außer der sich wie wild drehenden Spirale. Er vergaß, wo er war. Dann hörte er eine Stimme. Eine liebliche, zuckersüße Stimme flüsterte ihm zu: „Iss mich! Komm rein und kauf ein Stück von mir!"

Oskar lief das Wasser im Mund zusammen, während die Torte ihn weiter lockte: „Ich bin köstlich! So süß und cremig! Ich zergehe auf der Zunge. Du brauchst mich, um glücklich zu sein."

„Ja", hauchte Oskar. Und dann noch mal: „Jaaaa." Die Torte hatte Recht. Oskar musste ein Stück von ihr essen. Sonst würde er nie mehr glücklich werden. Nie mehr.

„Aber wir haben kein Geld. Wir sind nicht von hier", sagte Florian verzweifelt, der neben Oskar stand und sich auch nichts Schöneres vorstellen konnte, als einen kleinen Bissen zu kosten.

„Kein Geld? Beide nicht?“, fragte die Torte, auf einmal deutlich weniger säuselnd.

„Leider nein“, sagte Oskar traurig.

„Dann haut ab von meinem Schaufenster und gebt den Blick auf mich frei, ihr Trottel!“, pöbelte die Torte auf einmal.

„Aber …“

„Nix aber. Macht euch dünne, ihr Habenichtse!“, zischte die Torte noch, dann stoppte die Spirale und Oskar und Florian ploppten aus ihrer Trance.

Waren sie gerade wirklich von einer Torte beschimpft worden?

Oskar dachte kurz darüber nach, einfach in die Konditorei hineinzumarschieren und diese fiese Torte an Ort und Stelle aufzufuttern. Einfach ruckizucki komplett zu verputzen. Aber der Ärger dürfte höllisch werden – denn den Schaden bezahlen konnte er natürlich nicht. Also biss Oskar die Zähne zusammen, packte Flo und zog ihn mit sich vom Schaufenster weg.

Es dauerte ein Weilchen, bis sie wieder zu Horand und Lisbeth aufgeschlossen hatten. Die Sonne stand hoch an einem wolkenlosen Himmel und die Hitze in den Straßen wurde langsam, aber sicher unerträglich. Oskar krempelte sich die Hose so weit hoch wie möglich, zog seine Jacke aus und band sie sich um die Hüfte.

Das Gewusel in den Straßen und Gassen beruhigte sich. Es war kaum noch jemand unterwegs. Und wenn doch, dann huschte er an der Wand lang, jedes Fitzelchen Schatten ausnutzend. Nur aus ein paar Cafés und Gasthäusern drangen Gespräche nach draußen und das Klimpern von Tassen und Gläsern.

Die vier Drachentöter liefen ziellos durch Goldenhöhe. Oskar genoss die vielen bunten Eindrücke, die auf ihn niederprasselten. Und er ließ sich auch durch unangenehme Begegnungen nicht die Laune verderben. Von den fiesen Gnomen zum Beispiel, die nur auf Streit und auf seine Schuhe aus waren. Und die versucht hatten, ihn und Florian in einen Hauseingang zu zerren und auszurauben.

Und dann wäre Oskar tatsächlich um ein Haar DREIMAL von einer Hexe auf einem Sportbesen über den Haufen geflogen worden! Von ein und derselben Hexe! Als hätte es das gemeine Biest auf ihn abgesehen, kam sie immer gerade dann angeschossen, wenn Oskar mal eine Straße überquerte. Jedes Mal musste er sich zur Seite werfen, um nicht von ihr umgeflogen zu werden.

Mittlerweile hatten sie die Hauptstadt von Drachenhöhe fast umrundet.

Die Sonne brannte auf sie nieder.

Oskar hatte Durst. Seine Zunge klebte ihm am Gaumen. „Hat jemand was zu trinken dabei?“

„Nein. Aber ich kenne ein Lokal, wo wir etwas kriegen. Der Besitzer schuldet mir noch was“, antwortete Horand und wischte sich mit seinem haarigen Handrücken den Schweiß von der Stirn. „Ist nicht mehr weit!“

Im Drachenloch

Horand führte sie schnellen Schrittes durch das enge Gewirr der Gassen bis zu einem etwas abseits liegenden Fachwerkhaus, das seine besten Zeiten schon lange hinter sich hatte. Die Farbe bröckelte von den Wänden, der Schornstein ragte schief aus dem bemoosten Dach und die Fenster waren mit Brettern vernagelt.

„Da ist es!“, rief Horand.

„Was?“ fragte Oskar.

„Die Wirtschaft! Dort kriegen wir etwas zu trinken“, erklärte Horand und rieb sich freudig seine Hände. Was sich für Oskar so anhörte, als würde man ein Stück Holz mit Schmirgelpapier bearbeiten. Mit großen Schritten stapfte Horand weiter.

Vor dem Wirtshaus stand eine Tränke mit frischem Wasser. Ein braunes Pferd war dort angebunden und versuchte, seinen Durst zu stillen. Was ihm nicht gelang, weil zwei bonbonfarbene, auf Krawall gebürstete Einhörner es pausenlos ärgerten. Sie tänzelten um das Pferd herum und piksten es jedes Mal mit ihrem Horn heftig in den Hintern, wenn es seinen Kopf senkte, um einen Schluck Wasser zu trinken. Das Pferd quiekte dann wie ein Ferkel und machte einen Hopser, während sich die Einhörner einen Ast abwieherten. Und sofort ging das Spiel wieder von vorne los.

Einhörner können echt arschig sein. Oder in Hexe Fisselsticks Worten:

> **Von allen Einhufern sind Einhörner mit Abstand die größten Fieslinge. So würdevoll und edel sie äußerlich betrachtet auch sein mögen, innerlich sind Einhörner durch und durch verdorbene Wesen. Ihr Charakter ist genauso eklig wie ihr Geschmack, der an vergammelten Fisch erinnert, welcher in schlammigem Brackwasser zu einer Breipampe zertreten wurde. Sähen sie nicht so goldig wie ein Kätzchen im Brautkleid aus, hätte man sie längst ausgerottet.**

Über der Tür der Gastwirtschaft hing ein großes, bemaltes Holzschild. Es zeigte einen Drachentöter mit einem Schwert in der Hand und – ihm gegenüber – einen mächtigen roten Drachen, der Feuer spie. Beide schienen vom jeweiligen Ende des Schilds aufeinander zuzurasen. Zwischen ihnen stand, kaum noch lesbar, der Name der Gaststätte:

Drachenloch. Komischer Name, fand Oskar. Wer wollte schon in einem Loch etwas essen gehen? Horand wollte das. Er stieß die Tür auf, duckte sich unter dem niedrigen Türrahmen hinweg und betrat das Wirtshaus.

Die anderen folgten ihm. Kaum war die schief in den Angeln hängende Tür hinter Oskar wieder zugefallen, stieg ihm auch schon der Gestank von abgestandenem Bier, kaltem Pfeifenrauch und Schnaps in die Nase. Grausliche Dudelsackmusik plärrte aus einem schrankgroßen Grammofon. Oskar überlegte, wie er sich mit nur zwei Händen Ohren und Nase gleichzeitig zuhalten konnte.

Auch Flo wirkte nicht so, als würde er sich sehr wohl fühlen. Die Gastwirtschaft kam Oskar vor, als würde sie eigentlich nach Bronztal gehören. Sie war schummerig, schmucklos und schmutzig. Nur eine Handvoll Tische verteilten sich im Raum und rund um den Tresen passten gerade einmal vier Barhocker. Alles klebte vor Dreck. Auf den trüben Lämpchen lag fingerdicker Staub und die verschmierten Flaschen auf der Theke lösten bei Oskar trotz seines großen Dursts nicht gerade Jubelstürme aus.

Kein Wunder übrigens. Auch die Hexe Fisselstick zeigt sich in ihrem Ratgeber „Ausgehen in Drachenhöhe. Der große Kneipen- und Restauranttest" vom Drachenloch wenig begeistert.

In diesem Restaurantführer bewertet Fisselstick sämtliche Lokale mit Kategorien von einem Kochtopf bis zu fünf Kochtöpfen. Wobei ein Kochtopf gleichbedeutend mit „ungenießbare Küche" ist und fünf Kochtöpfe für „göttlich köstliche Speisen" stehen.

Das Drachenloch bekam keinen Kochtopf, sondern einen Totenkopf verliehen, weil Fisselsticks Cheftesterin, die schnauzbärtige Hortensia, den dargereichten Kartoffelbrei nur knapp und dank eines glücklichen Zufalls überlebte. Ein Einhorn trat ihr nämlich, natürlich aus reiner Boshaftigkeit und nicht etwa aus Nächstenliebe, in den Bauch, beförderte den Kartoffelbrei auf diese Weise wieder ans Tageslicht und rettete der Guten damit unbeabsichtigt das Leben.

Außer ihnen waren nur noch drei weitere Gäste da. Zwei Elben saßen tuschelnd am Tresen und schütteten Wein aus großen Gläsern in sich hinein. Der dritte Gast, ein Mann mit langen braunen Haaren, war auf dem Weg nach draußen. Er trug trotz der hochsommerlichen Temperaturen einen dunkelgrünen, knielangen Mantel.

„Darf ich mal durch?“, fragte er freundlich. Oskar trat einen Schritt zur Seite und ließ ihn passieren.

„Danke“, sagte der Mann lächelnd.

„Bitte“, sagte Oskar.

Kurz bevor er verschwand, sagte der Mann noch etwas. Sehr leise. Fast nur ein Murmeln. So, dass nur Oskar es hören konnte: „Nutz den Drachen!“

„Nutz den Drachen?“ Oskar fuhr herum und stürzte ihm hinterher. Die Gasse draußen war menschenleer. Wie ausgestorben. Nur die beiden Einhörner waren noch da und piesackten das Pferd. Der Mann war weg. Wie vom Erdboden verschluckt.

„Hey, was ist? Komm wieder rein!“ Lisbeths Kopf erschien in der Tür und Oskar kehrte ins Drachenloch zurück.

Was hatte der Mann gesagt? „Nutz den Drachen!“ Oder? Hatte er sich nur verhört?

Oskar war sich nicht sicher.

„Was ist? Geht es dir nicht gut? Du siehst blass aus." Lissy musterte Oskar besorgt.

„Doch. Doch. Mir geht es prima", beschwichtigte Oskar sie. „Da war nur gerade dieser Mann und ..."

„Welcher Mann?", fragte Lisbeth. „Ich habe keinen Mann gesehen."

„Na, der von gerade eben. Mit dem Mantel. Braune Haare! Der gerade rausgegangen ist, als wir reinge..."

Seine Begleiter sahen ihn fragend an.

„Wie? Habt ihr den nicht gesehen?"

Horand, Lissy und Flo tauschten einen Blick.

„Ich habe auch keinen Mann gesehen", sagte Florian mit großen Augen und Lissy zuckte mit den Schultern.

Horand antwortete nicht. Er musterte Oskar nur misstrauisch.

Ja, spinn ich denn?, fragte sich Oskar. Habe ich mir das alles nur eingebildet? Oder war der Mann vielleicht nur für mich sichtbar?

Oskar atmete tief durch. Ach was. Das war Unsinn. Vielleicht lag es nur an der Hitze. Und am Durst? Ja, so musste es sein. Er brauchte nur eine kurze Pause und etwas zu trinken.

Aber ... „Nutz den Drachen", murmelte Oskar.

„Was sagst du?", holte ihn Lisbeth aus seinen Gedanken.

„Was? Äh ... nichts", stammelte Oskar schnell.

„Setzt euch da in die Ecke. Ich besorge uns was zu trinken", brummte Horand und beendete damit zu Oskars Erleichterung das Thema.

Lisbeth, Flo und Oskar rutschten auf die Sitzbank unter ein Gemälde, das einen feuerroten Drachen im Kampf gegen einen Drachentöter mit goldenen Locken zeigte.

Der Wirt, der älter als Oskars Opa war, stand hinter dem morschen Tresen und polierte Gläser mit einem dreckigen Lappen. Er trug eine Mütze, die er sich bis über die Ohren gezogen hatte. „Horand! Du hier?", rief er dem Drachentöter entgegen, als der zur Theke stapfte. „Was treibt dich in die Stadt, du alter Drachenschreck?"

„Wolff, du alter Giftmischer! Ich wollte mal wieder deine hässliche Visage sehen!", rief Horand und beide gaben sich herzlich die Hand. Oskar sah, dass dem Wirt zwei Finger fehlten. „Kriegen wir was zu trinken?"

„Logisch", knurrte Wolff, der Wirt. „Was soll es sein?"

„Zweimal Met und zweimal Beerenbrause. Saubere Gläser wären schön."

Wolff blähte seine Wangen. „Saubere Gläser? Bist du neuerdings eine Prinzessin, oder was? Saubere Gläser hab ich nicht!"

„Ich weiß! Wenn deine Gläser nicht kleben würden, könntest du sie doch auch gar nicht mehr halten!", rief Horand zurück.

Beide lachten herzlich. Oskar sah den beiden Männern gebannt zu. Er hatte Horand noch nie richtig lachen sehen.

„Lisbeth!", rief der Wirt, der die Drachentöterin erst jetzt entdeckt hatte. Als er hinter der Bar hervorgehumpelt kam, bemerkte Oskar sein Holzbein. „Warum zum Einhorn hängst du immer noch mit diesem grobschlächtigen alten Knacker rum? Der ist doch kein Umgang für dich!", sagte er mit vorgehaltener Hand, aber laut genug, dass Horand ihn hören konnte.

„Ich kann es mir nicht aussuchen", antwortete Lissy mit gespielt trauriger Miene. „Aber ich habe immer noch Hoffnung, aus ihm einen vernünftigen Menschen zu machen."

„Aus dem da? Dann bist du dümmer, als du aussiehst!", rief Wolff und alle drei lachten sich schlapp.

Auch Oskar kicherte mit. Zum ersten Mal, seitdem er in Drachenhöhe war, lachte Oskar unbeschwert. Horand schien wie ausgewechselt. Woher die drei sich wohl kannten? Oskar musterte den schmuddeligen Kneipenbären aus dem Augenwinkel.

Lisbeth, die Oskars fragenden Blick bemerkte, erklärte: „Wolff war früher auch Drachentöter."

Oskar war baff. Das war eine dicke Überraschung. Es gab Drachentöter, die überlebt hatten und keine Drachentöter mehr waren! Es gab also Hoffnung auf eine bessere Zukunft! Auf Freiheit!

Auch wenn diese Freiheit schäbig war und nach abgestandenem Bier und kaltem Rauch stank, war sie dennoch ein Hoffnungsschimmer. Ein echter und erster Hoffnungsschimmer, dass nicht alles verloren war.

Mit einem Mal war Oskar voller Bewunderung für Wolff. Er hatte gegen Drachen gekämpft, überlebt und seine Freiheit gewonnen.

Und einen hohen Preis dafür gezahlt. Oskar sah verstohlen auf Wolffs Holzbein, während der alte Wirt hinter seine Theke zu einem großen Fass humpelte und zwei Glas Met zapfte. Dann humpelte er mit den vollen Gläsern zurück, stellte sie vor Horand auf den Tresen und füllte zwei milchige Kelche mit Beerenbrause.

Gut gelaunt knallte Horand ihnen die Getränke auf den Tisch. Beerensaft und Met schwappten schäumend über den Rand.

Horand hob sein Glas.

„Prost!", schrie er.

Oskar stieß mit den anderen so heftig an, dass sein Kelch schon halb leer war, bevor er ihn zum Mund geführt hatte.

Die Beerenbrause schmeckte prima. Süß und erfrischend. Wolff, der beobachtet hatte, wie eilig Florian und Oskar ihre Gläser leerten, kam mit einem Krug vorbei.

„Ihr seht durstig aus. Wollt ihr noch was?", fragte er freundlich.

„Unbedingt!“ sagte Oskar, unterdrückte einen Rülpser und hielt dem Wirt seinen leeren Kelch hin. Der Wirt schenkte ihnen nach.

„Wir haben heute aber auch wirklich einen unerträglich heißen Sommer“, stöhnte Wolff. Er zog das Geschirrtuch aus der Schürze, mit dem er gerade noch die Gläser poliert hatte, und wischte sich damit die Stirn ab. Dabei fiel sein Blick auf Oskars Handgelenk, um das sich gut sichtbar die Fessel schloss, die alle Drachentöter tragen mussten, wenn sie das Drachenhaus verließen.

„Seid ihr etwa Drachentöter?“, fragte er, während Oskar und Florian gierig tranken.

„Ja“, sagte Oskar und stellte rülpsend – „Entschuldigung!“ – seinen leeren Kelch ab.

„Die werden auch immer jünger“, stellte Wolff widerwillig fest.

„Die Erwachsenen von drüben lassen sich nicht mehr so einfach verarschen und anlocken. Und unsere von hier sind entweder zu alt oder geflohen“, brummte Horand.

Wolff nickte. Sein Gesicht strahlte Bitterkeit aus.

„Aber Kinder … Gegen Drachen … Das muss doch wirklich nicht sein.“ Wolff schüttelte traurig seinen Kopf und humpelte zurück zur Theke.

Horand knallte sein Glas auf den Tisch: „Ich muss mal für kleine Drachentöter.“

Oskar sah ihm nach, wie er in einem dunklen engen Flur verschwand. Da blieb sein Blick an zwei geschnitzten Holzfiguren hängen. Sie waren etwa zwanzig Zentimeter hoch und standen auf einem kleinen Regalbrett direkt über dem Tresen. Die eine Figur war ein roter Drache, die andere ein Drachentöter mit Rüstung und einem Schwert in der Hand. Kaum dass Oskar die Figuren ansah, bewegten sie sich. Sie marschierten aufeinander zu und begannen, sich zu kloppen. Der Drachentöter wedelte mit seinem Schwert herum und der Drache spie einen kleinen Feuerstoß aus.

„Cool!", juchzte Florian. „Actionfiguren, die sich von alleine bewegen können! Können meine zu Hause nicht!"

„Meine auch nicht", sagte Oskar, der nur eine einzige Actionfigur besaß. Den Superhelden Captain Sauerland. Und dem fehlte bereits ein Arm.

Als die Figuren über der Theke bemerkten, dass sie sogar zwei Zuschauer hatten, gerieten sie vollends außer Rand und Band. Der Drache flog ein Stück hoch, spie Feuer in alle Richtungen und der Drachentöter raste auf dem Regalbrett hin und her und wirbelte mit seinem Schwert, als wäre er ein kleiner Ventilator. Dann spurteten sie wie die Irren aufeinander los, knallten zusammen, verloren ihr Gleichgewicht und fielen vom Regal hinter den Tresen auf die Spüle. Von dort stürzten sie weiter zu Boden und rissen ein paar Gläser mit, die klirrend auf den Fliesen zerschellten.

Wütend sammelte der Wirt die beiden auf.

„Ich habe euch gewarnt, was passiert, wenn ihr noch mal runterfallt!“, schimpfte Wolff und stopfte sie in eine Schublade. Dann wandte er sich an die beiden Elben am Tresen.

„Entschuldigt die Störung“, sagte er. Die Elben schienen ihn gar nicht wahrzunehmen, zu sehr waren sie in ihr Gespräch vertieft.

Wie elegant sie sind!, dachte Oskar. In ihren seidig glänzenden Gewändern und mit ihren strahlend silbrigen Haaren passten die Elben in etwa so gut ins Drachenloch wie ein Elefant in einen Minirock. Ihre Gesichter waren fein geschnitten, genau wie ihre spitzen kleinen Ohren.

Oskar musste an die Fotomodels denken, die er in Tante Bettis Modezeitschriften gesehen hatte. Ob manche Models in Wahrheit Elben und gar keine Menschen waren? Das Gespräch wurde lauter und der eine Elb gestikulierte erregt mit seiner zarten weißen Hand. In Oskars Ohren klang ihre Sprache wie Musik.

„Elbisch klingt wirklich wunderschön“, schwärmte er.

Jetzt sah auch Lisbeth zur Theke. „Stimmt. Erstaunlich, wenn man bedenkt, dass Elben eigentlich nur dummes Zeug quatschen.“

„Hä?“ Das konnte Oskar nicht glauben. Elben sahen nicht nur würdevoll und weise aus, sie klangen auch so, wenn sie sprachen.

Lisbeth schien seine Gedanken lesen zu können. „Lass dich nicht täuschen“, sagte sie. „Elben sind unglaublich eitel und oberflächlich. Denen ist nur wichtig, dass die Haare schön liegen und die Klamotten teuer aussehen. Und die zwei Kollegen am Tresen sind nur hier, weil sie sich nicht auf die Straße trauen, solange es hell ist.“

„Echt? Warum? Sind sie auf der Flucht? Sind sie etwa Verbrecher?“, raunte Oskar aufgeregt und beobachtete die Elben aus den Augenwinkeln.

„Nein. Sie haben Angst, gesehen zu werden, solange sie so schrecklich schäbig aussehen.“

„Schäbig?“ Jetzt verstand Oskar gar nichts mehr.

„Pass auf.“ Lisbeth beugte sich zu Oskar rüber und flüsterte: „Der Linke schämt sich, weil er seinen morgendlichen Friseurtermin verpasst hat und jetzt aussieht wie ein Hippie, und der andere hat versehentlich zwei verschiedene Socken angezogen. Was für Elben eine lebensverändernde Katastrophe bedeuten kann.“

„Also, ich finde, die sehen todschick aus“, mischte sich Florian flüsternd ein.

Oskar stimmte ihm zu.

Die Umhänge der Elben lagen in perfekten Falten. Ihre Haare waren perfekt glatt und die weißen Schuhe glänzten mit den weißen Zähnen um die Wette. Beim besten Willen konnte Oskar keinen Makel entdecken.

„Aus Elbensicht sehen die beiden aus, als würden sie in Mülltüten rumlaufen und hätten in Kuhmist geschlafen. Wenn andere Elben sie so sehen, sind sie in der ganzen Elbenwelt unten durch. Und das für Jahre!"

Oskar starrte die seiner Meinung nach völlig identischen Socken des Elben an. Beide schimmerten silbern und hatten feine dunkelgraue Streifen.

„Ach, du vergackeierst mich doch", sagte Oskar. „Die Socken sehen total gleich aus."

„Von wegen. Die eine hat minimal dickere Streifen."

Oskar bemühte sich wirklich sehr, die Socke mit den dickeren Streifen auszumachen. Es misslang.

Lisbeth grinste. „Du siehst das nicht. Aber Elben haben für so etwas ein Auge."

„Woher weißt du das überhaupt? Was die reden, mein ich", fragte Florian.

Eine gute Frage, fand Oskar. Woher wusste sie das?

„Ich spreche Elbisch", sagte Lisbeth, als wäre es das Normalste der Welt.

„Wahnsinn." Oskar sah Lisbeth bewundernd an. Er selbst tat sich mit Fremdsprachen schwer und fürchtete Vokabeltests mindestens so wie Mathe bei Frau Krause.

„Bist du eine Elbin?", fragte Florian.

Lisbeth lachte laut auf. „Nein. Ich bin ein ganz normaler Mensch."

Oskar begann zu zweifeln. War Lisbeth wirklich ein normaler Mensch? Menschen waren nicht so geschickt und schnell wie sie. Er kannte niemanden, der es mit ihr hätte aufnehmen können. Nicht mal Kalle Trötensen. Und der war die Sportskanone aus Oskars Schule. Der beherrschte alle Sportarten und war der Mannschaftskapitän jeder Schulmannschaft.

„Es werden ausschließlich Menschen Drachentöter", sprach Lissy weiter. „Für Elben ist das zu gefährlich und grausam."

Oskar schnaubte.

Da kam Horand zurück und ließ sich krachend auf einen Stuhl fallen. „Und? Was machen wir jetzt? Sollen wir nach Hause? Ich kriege nämlich langsam Hunger. Und, äh, bei aller Liebe …", sprach Horand hinter vorgehaltener Hand leise weiter, „… im Drachenloch möchte ich lieber nichts verzehren. Nachdem ich hier mal eine Bockwurst gegessen hatte, habe ich vierzehn Tage lang keine Farben sehen können und gedacht, ich wäre eine Katze …"

Die Königin hat Neuigkeiten (und Appetit)

Tycho Strahllocke enterte das Drachentöterhaus, wie er grundsätzlich jeden Raum betrat: ausladend, großkotzig und von einem Ohr zum anderen strahlend.

„Hallihallo, hallöchen! Freunde! Drachentöter! Fliegendes Dingsbums!"

„Ich bin kein Dingsbums. Ich bin eine Küchenfee und heiße Naschi", protestierte Naschi, die neben der zitternden Eule unter der Decke saß und ihr Mut für die kommende Nacht zusprach.

„Jajajajaja. Wie auch immer, wen interessiert's?" Tycho strahlte, während er Naschi ignorierte und hinter ihm Brock, der Kerkerriese, den Raum betrat.

Die vier Drachentöter saßen beim Abendbrot. Oskar verputzte gerade seine dritte Ladung Obstsalat, als er den Kerkerriesen sah, der sich genüsslich mit seinem meterlangen Schwert Essensreste aus den gelben, löchrigen Zähnen pulte und an die Wand schlotzte. Oskar schob den Teller angewidert von sich und atmete gegen den Brechreiz an. Die Batzen, die langsam die Wände hinabrutschten, sahen aus wie eitrige Krötenrotze.

„Was willst du, Strahllocke?", knurrte Horand, ohne aufzusehen.

Tycho musterte ihn abfällig. „Der gute alte Ritter Spaltaxt! Warum höflich sein, nicht wahr? Warum versuchen, die niedere Herkunft durch gutes Benehmen zu vertuschen? Aber wahrscheinlich hast du Recht. Deine primitive Abstammung perlt dir so gut sichtbar aus jeder einzelnen Pore, dass selbst ein Dungkäfer erkennt, dass du Abschaum bist."

Tycho gluckste vor Freude über seine gelungene Beleidigung und sah beifallheischend zum Kerkerriesen. Der porkelte aber immer noch gedankenverloren mit dem Schwert in seinem Gebiss rum und hatte von Tychos Gepöbel nichts mitbekommen.

Horand allerdings schon. Klirrend ließ er die Gabel fallen, schnellte von seinem Stuhl hoch, die Fäuste geballt. Gerade als er Tycho packen wollte, legte Lisbeth ihre Hand auf seinen Arm. Horand schnaufte vor Wut, hielt einen Moment inne, dann setzte er sich wieder. Tycho genoss Horands Rückzug grinsend, sparte sich aber weitere Kommentare.

„Nun, wie selbst der Dümmste von euch, Spaltaxt, ahnen kann, bin ich nicht freiwillig hier in diesem … diesem …“ Tycho blickte sich angeekelt um und schloss seinen Satz mit dem Wort: „Saustall.“

Naschi kam angebrummt wie eine wild gewordene Wespe. Sie war empört. Wie alle Küchenfeen kochte sie nicht nur ausgezeichnet, sondern hatte auch einen ausgeprägten Putzfimmel. „Hier mag vieles alt und kaputt sein – aber es ist sauber! Blitzblank sauber!“, schrie die Küchenfee, während Flattermann von der Decke aus klebriges Gewölle auf den Tisch kotzte und unter dem Küchentisch – „Plopp!“ – dem Kater Fussel alle Haare vom Körper schossen.

„Super Timing, ihr undankbaren Viecher!“, schimpfte die Fee und brauste ab, um einen Lappen zu holen.

Tycho hielt sich theatralisch ein Tuch vor Mund und Nase und wandte sich an die Drachentöter. „Genug gefuttert! Ich habe eine Einladung zur Königin für euch vier. Folgt mir!“

Oskar und Florian sahen sich an.

„Jetzt sofort?“, fragte Oskar.

„Natürlich. Die Königin will immer alles sofort. Sie wartet nicht gerne, Honigbärchen“, antwortete Tycho.

Oskar, Florian und Lisbeth standen auf – nur Horand blieb stur. Er aß in Ruhe seinen Teller leer und nahm sich eine weitere Portion. Erst als Brock ihn mit gezogenem Schwert bedrohte, erhob auch er sich.

„Herr Strahllocke?“, sprach Oskar den Zeremonienmeister an.

„Ja?“, fragte der, ohne Oskar anzusehen.

„Das mit dem Namen ‚Honigbärchen‘ handhaben wir hier jetzt anders. Wir haben uns gedacht, dass …“

Tycho unterbrach Oskar, indem er ihm mit gespielter Freundlichkeit seinen Arm um die Schultern legte. „Mein liebes Honigbärchen“, begann er einschmeichelnd. „Was ihr hier macht oder denkt, interessiert weder mich noch sonst irgendjemanden. Es ist mir, ehrlich gesagt, scheißegal. Verstehst du?“ Der Zeremonienmeister setzte sich eine Sonnenbrille auf, ging zur Wand, klopfte dagegen und eine Tür erschien. „Auf! Auf! Die Zeit drängt!“

Als sie gemeinsam die Tür durchschritten, betraten sie gleichzeitig den großen Thronsaal von Goldenhöhe. Unwillkürlich kniff Oskar die Augen zusammen, geblendet von Glitzer und Glanz.

Wie jeder Raum, den die Königin bewohnte oder auch nur mal kurz für ein Stück Butterkuchen betrat, war auch der Thronsaal mit purem Gold verkleidet. Die riesigen Elbenstatuen genauso wie der gigantische Thron oder die Säulen, die scheinbar bis in den Himmel ragten und eine Decke trugen, unter der Wolken schwebten. Alles war prächtig und einschüchternd zugleich und dazu angetan, die Größe von

Drachenhöhe und die gottgleiche Macht der Königin zu beweisen. Im Angesicht dieser Pracht kam sich Oskar geradezu schäbig vor. Nervös nestelte er an seiner Hose herum und wischte sich seine schweißnassen Hände daran ab.

Der Schein Hunderter frei im Raum schwebender Kerzen, die sich tausendfach in den goldenen Wänden spiegelten, leuchtete den Saal bis in den letzten Winkel aus. Es war unglaublich hell, als würde man an einem Sommernachmittag auf ein glitzerndes Meer schauen.

Fanfaren ertönten. Soldaten in schweren Rüstungen marschierten in den Saal, wurden geblendet, stolperten über die eigenen Speere und Standarten und bauten sich ungeordnet rechts und links der großen Flügeltür auf.

Tycho Strahllocke stellte sich in die Mitte des Raums, breitete die Arme aus, klopfte mit seinem Zeremonienstab dreimal auf den Boden und rief: „Unsere Königin! Die sagenhaft schöne, weise wie gutherzige Königin Elder Sarina!"

Und da begann der Boden zu beben. Es schien, als ob die Erde sich vor Lachen schüttelte, weil Tycho die Königin als weise, gutherzig und schön beschrieben hatte. Die Wände zitterten und die Säulen schwankten.

Oskar sah besorgt zur Decke hoch und widerstand dem Drang zu fliehen. Wohin hätte er auch laufen sollen? Er blieb regungslos stehen und versuchte, nicht umzufallen, während Florian sich panisch an ihm festklammerte.

Winzige Fetzen Blattgold lösten sich von der Decke, schwebten wie funkelnde Schneeflöckchen auf sie nieder und stäubten ihre Haare und Kleidung golden ein. Das Beben wurde schwächer. Die Erde beruhigte sich und auch Florian schnaufte erleichtert auf.

„Das war krass", ächzte er.

„Aber hallo", sagte Oskar.

„Ihr werdet euch dran gewöhnen. Irgendwann ist es nicht mehr schlimm", machte Lisbeth ihnen Mut, obwohl auch sie, fand Oskar, ein wenig blass um die Nase geworden war. Horand grunzte nur zustimmend.

Da die Königin grundsätzlich nur dann den Thronsaal betrat, wenn vorher ihr Name geschrien und ihre Großartigkeit bejubelt wurde, blieb Tycho nichts anderes übrig, als von vorne zu beginnen. Er klopfte dreimal auf den Boden.

Pong. Pong. Pong.

Und rief: „Unsere Königin! Die sagenhaft schöne, weise wie gutherzige Königin Elder Sarina!"

Der Zeremonienmeister verbeugte sich so tief, dass seine Nase seine Knie berührten, und auch alle anderen Anwesenden senkten demütig ihren Kopf. Oskar schielte aus den Augenwinkeln zur Tür.

Da flogen die Flügeltüren auf. Die Königin wurde in einer Sänfte in den Saal getragen. Wie Tycho trug auch sie zum Schutz gegen das Gefunkel eine dicke Sonnenbrille. Auf

ihrem Haupt glänzte eine kunstvoll und filigran gearbeitete Elbenkrone, die allerdings auf dem kolossalen Schädel und dem struppigen Straßenköter-Haar völlig fehl am Platz wirkte.

Während Oskar gegen die Helligkeit anblinzelte, sah er, wie die Zwerge die Sänfte zum Thron schleppten. Der war ein Meisterwerk zwergischer Handwerkskunst. Die Schnitzereien waren mit Edelsteinen übersät, die Sitzfläche, die Rückenlehne und auch die fensterbankbreiten Armlehnen waren mit burgunderrotem Samt gepolstert.

Oskar beobachtete, wie die Zwerge die Königin unter größten Mühen in ihren Thron hievten. Kurz bevor sie sich in die Polster plumpsen ließ, warfen die Zwerge noch weitere Kissen auf die Sitzfläche, die vom königlichen Hintern sogleich platt wie Briefmarken gedrückt wurden. Zwei der Kissen platzten und feine Daunen schwebten durch den Raum. Oskar fiel die Kinnlade runter. Was aber nicht an der Königin lag, sondern an dem Wesen, das direkt hinter ihr auftauchte.

„Ach du Scheiße", stöhnte Oskar und sein Magen krampfte sich böse zusammen.

„Das ist Feuersturm. Der Drache der Königin", flüsterte Lisbeth, obwohl sie immer noch ihre Augen zuhatte.

„Woher weißt du das?", fragte Oskar.

„Sie weicht der Königin nicht von der Seite. Und da du sie noch nie zuvor gesehen hast …"

„Sie?"

„Ja. Sie. Feuersturm ist ein Weibchen", antwortete Lisbeth.

Feuersturm war feuerrot, fast doppelt so groß wie Fluppe und sah durch und durch gefährlich aus.

Sogar die hochgerüstete Leibgarde der Königin, die dabei war, neben dem Thron Stellung zu beziehen, fürchtete sich ganz offensichtlich. Es gab ein Geschubse und Gedränge, weil keiner der Soldaten direkt neben dem Drachen stehen wollte.

Feuersturm ignorierte das Rumgehampel der Garde. Der Drache beäugte Oskar genau so, wie Oskar Feuersturm beäugte. Nur schaute er nicht ängstlich drein, sondern böse.

Zwei Hausfeen in weißen Kleidchen und weißen Brillen flatterten in den Saal. Auf ihren Armen trugen sie silberne Tabletts, auf denen jeweils eine große goldene Schüssel stand. Sie flogen weiter bis zur Königin und landeten, eine links und eine rechts, auf den Armlehnen des Throns. Dort verbeugten sie sich und hoben ihre Tabletts an. Die Königin grabschte sofort mit ihren königlichen Wurstfingern in die Schüsseln und stopfte sich den Mund mit Goldküchlein und Goldkeksen voll.

Noch einmal öffnete sich die Flügeltür und Tycho rief: „Makkat, Trainer der Drachentöter-Akademie!“

Nervös betrat Makkat, begleitet von einem Mitglied der königlichen Garde, den Thronsaal. Der Gardist führte Makkat weiter bis zu den Drachentötern. Der Kobold schien nicht zu wissen, was ihn erwartete. Er sah die Drachentöter fragend an. Horand zuckte nur mit den Schultern.

Oskar aber wurde das seltsame Gefühl nicht los, dass nicht nur Feuersturm, sondern auch die vor sich hin mampfende Königin nur Augen für ihn hatte. Kleine, rot unterlaufene Schweinsaugen, die ihn genau musterten. Oder bildete er sich das nur ein?

„Wöööhlkumme, Raschenhöter!“

War die Königin äußerlich nicht gerade mit Anmut gesegnet, so war ihre Stimme eine glatte Ohrfeige für alle Lebewesen, die Ohren zum Hören hatten. Sie nuschelte derart schrill, dass es einem die Zehennägel aufrollte.

„Wir danken für die Ehre Ihrer Anwesenheit", antworteten Horand und Lisbeth gleichzeitig und wenig überzeugend.

Oskar stammelte eilig „Ja. Äh. Danke" hinterher. Florian sagte nix. Er hatte genug damit zu tun, sich nicht in die Hose zu machen.

„Kommeschückenäh, Honischärsche", nuschelte die Königin und schleuderte sich ein weiteres goldverziertes Küchlein in den majestätischen Schlund.

Oskar war klar, dass die Königin mit ihm sprach. Ihre Augen fixierten ihn. Aber, was zum Henker, hatte sie gesagt? Musste er jetzt vortreten? Und wenn er vortreten sollte, was erwartete die Königin von ihm? Sollte er wie in der Schule Matheaufgaben lösen, von denen alle im Raum inklusive Frau Krause wussten, dass er das nicht konnte? Gab es hier überhaupt Mathe?

Oskars Gedanken sprudelten über. Der Kerkerriese, der die ganze Zeit regungslos hinter ihnen gestanden hatte, gab Oskar einen kräftigen Schubs. Oskar stolperte nach vorne und fiel der Länge nach auf die Nase.

Tycho Strahllocke war mit zwei schnellen Schritten da, packte ihn am Kragen und riss ihn wieder hoch.

„Schobisschuascho dä berühmschte Raschenröter Honigärsche“, nuschelte die Königin überheblich glucksend.

Oskar verstand nur Bahnhof und bekam so langsam Panik. Was zum Teufel wollte die von ihm? Hatte ihr niemand beigebracht, dass man nicht mit vollem Mund redete?

„Sie hat gesagt: *Du bist also der berühmte Drachentöter Honigbärchen*“, übersetzte Tycho ungeduldig.

Oskar nickte ihm dankbar zu, was Tycho nicht im Geringsten interessierte.

„Ja, das bin ich“, antwortete Oskar. Und völlig unvertraut mit der Etikette am königlichen Hof, verbeugte er sich sicherheitshalber noch einmal und fügte hinzu: „Zu Ihren Diensten, Eure Majestät.“

Was die Königin zum Piepen fand. Ihr Lachen füllte den Raum mit dem lieblichen Klang einer kreischenden Polizeisirene. Erst als sie ihre Garde böse anstarrte, begannen auch die zu lachen. Mit einem kurzen Wink stoppte sie das Gelächter ihrer Untergebenen so abrupt, wie sie es gestartet hatte, und wandte sich wieder Oskar zu.

„Komm näha, Honischärschen.“

„Du sollst …“

„Ich weiß“, unterbrach Oskar den Zeremonienmeister und machte einen Schritt vorwärts.

„Näha!“, kreischte die Königin und feuerte sabbernasse Kuchen- und Kekskrümel in seine Richtung.

Oskar näherte sich langsam und mit kleinen Schritten. Während sich in ihm das ungute Gefühl ausbreitete, geradewegs auf seine Hinrichtung zuzumarschieren.

„Noch näha!"

Oskar stand nun unmittelbar vor der Königin. Und die verströmte einen atemraubenden Gestank. Nach Schweiß, Zuckerguss und viel zu viel Parfum, das sich vergeblich bemühte, den Schweißgeruch zu überdecken. Die Königin beugte sich zu Oskar vor und der hielt die Luft an.

„Du bissch ahscho der Oschka", sagte sie abfällig.

„Ja, Majestät, der bin ich."

Das Parfum brannte in Oskars Augen wie Zitronensaft. Er schnappte nach Luft, wischte sich die Tränen ab und hielt den Atem wieder an.

„Hm. Gut. Geh wieder", schnarrte die Königin mit nun leerem Mund und schriller Stimme. Und Oskar ging rückwärts und mit gesenktem Kopf zu den anderen zurück.

„Zeremonienmeister! Klär sie auf!"

Der Zeremonienmeister verbeugte sich kurz und richtete seine Worte an die Drachentöter. „Ihr fragt euch sicherlich, womit ihr dieses außerordentliche Privileg verdient habt, hier im großen Thronsaal von Goldenhöhe die Anwesenheit unserer zauberhaften und weisen Königin genießen zu dürfen. Insbesondere heute, an ihrem Geburtstag, an dem sie schöner und zauberhafter und jünger aussieht als je zuvor!

Gut. Das ist schnell erklärt. Erstens: Ihr habt es nicht verdient. Aber manchmal ist die Ehre mit den Dummen. Zweitens: Es gibt Neuigkeiten. Die Eier sind ausgebrütet, die Drachen geschlüpft und in wenigen Sommern ausgewachsen. Das bedeutet, dass die Drachen morgen früh zu euch gebracht werden." Er erhob feierlich die Stimme: „In drei Tagen sollen die nächsten Drachenkämpfe stattfinden!"

Makkat zuckte zusammen, als hätte er einen elektrischen Schlag bekommen. „Was? Aber das geht nicht!", rief er und trat vor. „Ihre Majestät, bei allem Respekt: Ich brauche noch mindestens drei Monate, um die neuen Drachentöter zu trainieren. Drei Tage, das ist Wahnsinn! Sie werden sich noch nicht wehren können, das gibt keinen Kampf!"

Der Gardist, der hinter Makkat stand, eilte nach vorne und rammte ihm die Rückseite seines Speers in den Bauch. Makkat krümmte sich und sank zu Boden. Die Königin gab ein Handzeichen und der Gardist ließ von Makkat ab. Der blieb vor Schmerzen stöhnend liegen. Oskar hatte den Impuls, ihm aufzuhelfen. Aber Lisbeth hielt ihn fest.

„Ich dulde keine Widerworte, Makkat. Aber was soll's?" Sie seufzte. „Königin Elder Sarina hat ein weiches Herz. Ihr dauert mich. Ich gebe euch vier Tage", quäkte sie. „Heute eingeschlossen. Das ist mein letztes Wort."

„Verzeiht, Eure Majestät", ächzte Makkat, während er stöhnend wieder aufstand. „Aber meint Ihr nicht …?"

„Nein! Meine ich nicht! Und Schluss!“, kreischte die Königin dazwischen. Sie hob ihre Hand und vier Zwerge mit kleinen Handfegern in den Händen kamen angelaufen. Sie stellten sich rund um Oskar.

„Bücken!“, keifte der eine böse und Oskar tat, wie ihm befohlen wurde. Sofort begannen die Zwerge damit, das Blattgold aus seinen Haaren und seiner Kleidung zu wedeln. Als alle fünf vom Gold gesäubert waren, fegten die Zwerge das Gold vom Boden auf, schütteten es in einen kleinen Eimer und verschwanden so schnell, wie sie erschienen waren.

Die Ankunft der Drachen

Nach einer für Oskar schlaflosen Nacht saßen die vier Drachentöter gemeinsam am Frühstückstisch und sahen sich schweigend an, bevor Florian aussprach, was alle dachten: „Noch drei Tage. Das ist nicht gut. Gar nicht gut."

Naschi brachte ihnen dampfenden Kakao zum Trost. Er war noch köstlicher als sonst und streichelte ihre angespannten Nerven. Oskar fragte sich, ob Naschi den Kakao verzaubert hatte, denn jedes Mal, wenn Oskar einen Schluck getrunken hatte, füllte sich der Becher wieder aufs Neue. Die flüssige Schokolade rann seine Kehle hinunter und mit jedem Schluck fühlte sich Oskar ein kleines bisschen besser.

Als er das Gefühl hatte, dass nun mehr Schokolade als Blut durch seine Adern floss, knallte er den Becher auf den Tisch und schlug mit seiner rechten Faust in seine linke Handfläche. „Verdammt noch mal! Dann schaffen wir es halt in drei Tagen, echte Drachentöter zu werden!"

„Genau!“, schrie Horand. „Das schafft ihr! Ganz sicher.“

Lisbeth nickte energisch. „Unbedingt! In drei Tagen Training kann man eine Menge erreichen. Wenn wir konzentriert mit euch arbeiten und euch noch ein paar Tricks beibringen, habt ihr gute Chancen!“

„Genau!“, schrie Horand noch mal. „Ihr schafft das!“

Ein warmes Gefühl schoss durch Oskars Bauch. Und auch Flo reckte zaghaft den Kopf. Ein Hoffnungsschimmer lag auf seinem Gesicht.

Die vier Drachentöter hoben ihre vollen Becher und stießen an. Die Kakaobecher klackten.

„Darf ich auch mit anstoßen?“

Die ölige Stimme gehörte Tycho Strahllocke. Der Zeremonienmeister stand mit dem Kerkerriesen im Schlepptau direkt hinter Oskar.

„Ich mache nur Spaß“, winkte Tycho ab. „Ich bin nicht gegen alles geimpft, was ich mir hier einfangen kann.“

Horand schoss das Blut ins Gesicht. Zornesfalten bildeten sich um seine Augen und seinen Mund.

„Was willst du schon wieder?“, fragte er.

„Was wohl? Die Drachen sind da. Kommt, ich stelle sie euch vor.“

Zu sechst marschierten sie durch die Gänge, die Oskar bereits vertraut waren. Tycho pfiff ein Liedchen und tänzelte gut gelaunt hinter Brock her, der mit einer Fackel voranstampfte. Sie stiegen ein paar Stufen hinab und erreichten eine Halle.

Die Halle war so ganz anders als der große Thronsaal von Goldenhöhe. Zwerge hatten sie vor Urzeiten aus dem Fels gehauen und auf jedweden Schmuck und Verzierungen verzichtet. Nur ein paar Fackeln flackerten in groben Halterungen aus Eisen, die in den Boden gerammt waren. Eisenbahnschienen führten kreuz und quer durch den Raum und verschwanden auf der anderen Seite in einem der vier Stollen. In den Ecken rosteten übereinandergestapelte alte Loren vor sich hin, kleine Wägelchen, in denen früher das Gold aus den Minen abtransportiert wurde. Und mitten im Raum standen drei große Käfige, die mit grauen Tüchern abgedeckt waren. Markerschütterndes Gebrüll drang darunter hervor. So laut und durchdringend, dass Oskar und Florian sich die Ohren zuhielten.

Tycho eilte zum ersten Käfig und riss mit einem Ruck das Tuch herunter. Der Drache im Käfig brüllte und spie Feuer vor Wut.

„Hohoho! Ein ganz Wilder!“, jubelte Tycho, der sich gerade noch so mit einem Satz vor dem Feuerstoß in Sicherheit bringen konnte. „Ich präsentiere dir deinen Gegner, Lisbeth: Clawfinger! Ein echter schottischer Moordrache!“

Clawfinger war grün mit braunen Flecken und mit Warzen

übersät. Er war gedrungen und erinnerte mit seinem langen Maul, seinen kurzen Beinen und seinem eher flachen Körper an ein Krokodil.

Lisbeth betrachtete den Drachen und zuckte mit den Schultern. Sie schien nicht sonderlich beeindruckt zu sein.

Währenddessen sprang Tycho zum nächsten Käfig und riss das Tuch herunter.

„Und für Horand haben wir Abendfeuer. Wahrlich eine Seltenheit! Ein echter norwegischer Walfresser! Die einzige Drachenart, die Wale aus dem Meer fängt."

Der Walfresser war grau und besaß gewaltige, ledrige Flügel und zwei enorm kräftige Beine mit meterlangen Krallen. Im Gegensatz zum schottischen Moordrachen, der weiter in seinem Käfig randalierte, blieb der Walfresser ganz ruhig. Nur seine großen gelben Augen bewegten sich. Der Drache beobachtete sie genau. So als würde er nur auf den passenden Moment warten, um anzugreifen. Drei Hörner in Form von Federn prangten auf seiner Stirn. Sie waren lang wie Schwerter.

„Die sind ziemlich schlau. Regelrecht gerissen! Und äußerst vorsichtig", sagte Lisbeth nicht ohne Bewunderung.

„Ich weiß", antwortete Horand. „Ist nicht mein erster Walfresser."

„Und zu guter Letzt", rief Tycho und raste zum dritten Käfig, „habe ich etwas ganz Besonderes für unseren tapferen

Drachentöter Flinke Klinge. Begrüße mit mir aus dem fernen Amerika – Destroyer! Ein Wüstendrache!" Wieder riss Tycho das Tuch vom Käfig.

Der Drache im Käfig rastete völlig aus. Er versuchte zu fliegen. Immer wieder breitete er seine Schwingen aus, hob ab, stieß an den Käfig, dass dieser hin und her geschleudert wurde, und spie derart viel Feuer, dass Oskar und die anderen bis zur Wand zurückwichen.

Florian zitterte am ganzen Körper. Instinktiv griff er nach Oskars Hand und hielt sie fest umklammert. Oskar fand es unangemessen, händchenhaltend vor dem Zeremonienmeister zu stehen. Sie waren Drachentöter. Sie kannten keine Angst. Und wenn doch, dann zeigten sie ihre Furcht sicherlich nicht ausgerechnet diesem Arsch.

Oskar wollte seine Hand wegziehen. Aber Florian ließ nicht los. Seine kleinen Finger umfassten Oskar so fest, dass es wehtat.

Und da sah Oskar in Florians glasige Augen. Und nahm die Hand nicht weg. Er drückte sie stattdessen und lächelte Flo aufmunternd zu.

„Begrüßt eure Henker!", rief Tycho den vier Drachentötern zu und amüsierte sich königlich über seinen Witz.

Oskar war so ganz und gar nicht zum Lachen zumute. Zwar waren die Drachen nicht sonderlich groß, selbst Fluppe, der ja kein ausgesprochener Riese war, konnte denen hier auf den Kopf spucken. Aber trotzdem waren es Viecher, fast so groß wie Nilpferde.

„Wachsen die noch?“, fragte Oskar.

„Aber sicher! Das sind noch süße kleine Babys. Sind sie nicht ganz süße, schnucklige kleine Babys?“ Lisbeth grinste. „Richtige Kuscheltiere sind das! Ich glaube, ich nehme mir einen zum Schmusen mit nach Hause.“

Lisbeths unglaubliche Ruhe strahlte auf Oskar ab. Auch er musste grinsen. „Oder als Heizung“, sagte er.

„Ich hätte lieber einen Hamster“, sagte Florian mit todernster Miene.

„Über einen Hamster würde sich Flattermann auch freuen“, antwortete Oskar.

„Hey! Schluss mit dem Gequatsche. Ich bin noch nicht fertig!“ Tycho schlug mit seinem Stab so lange auf den Boden, bis wieder Ruhe eingekehrt war. „Bis zum Kampf werdet ihr die Pflege übernehmen. Ihr werdet sie füttern, ihren Käfig ausmisten und gemeinsam mit ihnen trainieren. In drei Tagen schon sind sie mehr als doppelt so groß wie jetzt!“, freute er sich. Darüber konnte sich Oskar nicht so recht freuen.

„Aber wenn wir die füttern, gewöhnen die sich dann nicht an uns und werden zahm?“, flüsterte Oskar Lissy zu.

Lisbeth schüttelte den Kopf. „Nein. Drachen werden nicht zahm.“

„Und was ist mit Fluppe?“

„Der ist die goldene Ausnahme. Und es hat auch Jahre gebraucht, bis er so zahm war. Drachen kann man eigentlich nicht zähmen. Drachen hassen alles, was kein Drache ist."

Tycho kam zu ihnen zurück. Seine Augen leuchteten. „Sind es nicht faszinierende Geschöpfe?", fragte der Zeremonienmeister mit ehrlicher Bewunderung und legte seinen Arm um Oskars Schulter, als würden sie einen Sonnenuntergang am Meer genießen.

Oskar fand auch, dass Drachen faszinierende Geschöpfe waren, solange man nicht gegen sie kämpfen musste.

„Warum nur drei Drachen?", fragte Lisbeth. „Wir sind vier."

Oskar blickte sie überrascht an. Er hatte angenommen, dass Florian und er gemeinsam gegen den Wüstendrachen antreten würden. Doch hatte er sich getäuscht.

Tycho stellte sich mit einem Schritt hinter Oskar, legte ihm die Hand auf die Schultern und verkündete: „Es sind nur drei, weil dieser junge Mann hier, Drachentöter Honigbärchen, gegen einen besonderen Drachen kämpfen wird. Und zwar ... tadadadaaaa ...", er simulierte einen Tusch und breitete seine Arme aus, als wolle er die ganze Welt umarmen, „gegen die einzige, unvergleichliche, unübertroffene, mächtige, unbesiegbare ... Feuersturm, den Drachen unserer Königin!"

Aufgeregt strahlte Tycho sie an. Niemand strahlte zurück.

Nicht einmal Brock, der sich gedankenverloren seinen Hintern kratzte.

Florian schossen Tränen in die Augen, Lisbeth stand der Mund offen und Horand wurde blass. Nur einer reagierte. Oskar. Der musste lachen.

Laut und bitter.

In Oskars Ohren rauschte es.

Bilder von einem Strand schossen in seinen Kopf, von einem türkisblauen Meer …

Während Tycho ihnen das Drachenfutter präsentierte, an Altersschwäche gestorbene Ochsen, mit denen sie bis zum Kampftag die Drachen zweimal täglich zu füttern hatten, stand Oskar nur daneben und grinste blöd in der Gegend rum.

Er fühlte sich, als hätte er statt eines Gehirns Watte im Kopf. Alles erreichte ihn nur gedämpft. Als würde ihn das alles nichts angehen. Tat es ja auch nicht. Sein Drache war Feuersturm. Und die lebte bei der Königin.

Oskar musste nicht wie die anderen seinen Drachen füttern oder seinen Käfig sauber halten. Er musste sich nur von ihm rösten lassen.

Oskar fühlte sich verloren und einsam wie noch nie. Die letzten Tage im Drachentöterhaus waren so harmonisch verlaufen, dass er die Gefahr, die auf ihn lauerte, verdrängt hatte. Aber jetzt, wo sein Gegner feststand, konnte er nicht einfach weiter so tun, als wäre alles halbwegs in Ordnung. Es waren noch drei Tage bis zum Kampf.

Drei Tage bis zu seinem Tod.

„Brock, zeig ihnen, wie man unsere kleinen Lieblinge verwöhnt!“, schnarrte Tychos Stimme.

Mit langsamen Schritten und immer noch an seinem Hintern kratzend, stampfte Brock an ihnen vorbei. Oskar nahm es wahr wie durch eine Nebelwand.

„Ihr müsst wissen, dass alle Drachen einen empfindlichen Magen haben. Wenn sie nicht regelmäßig mit Fleisch gefüttert werden, kriegen die armen Kleinen Bauchweh.“

„Fluppe liebt Peperoni“, sagte Flo.

„Aber er verträgt sie nicht“, antwortete Tycho. „Drachen vertragen nichts Scharfes. Wenn Fluppe die frisst, speit er Feuer. Nur leider hinten raus. Wenn du verstehst, was ich meine.“ Tycho deutete auf seinen Hintern.

„Wow! Wie ein Düsenjet?“, fragte Florian.

„Was ist das?“, fragte Tycho und winkte ab. „Egal. Schaut zu.“

Brock schnappte sich einen der halbierten Ochsen, die an Stahlhaken von der Decke hingen und klemmte ihn unter den Arm. Mit dem Drachenfutter trottete er zum Käfig des Moordrachen und schleuderte es aus sicherer Entfernung zielgenau durch die Gitterstäbe. Kaum klatschte der Ochse auf den Boden des Käfigs, begann auch schon das Grillfest.

Drei Sekunden später zog der Duft von kross gebratenem Fleisch durch die Halle.

Der Drache zerfetzte den gegrillten Ochsen, ohne ihn abkühlen zu lassen. Krachend zerkaute er die Knochen, als wären es Kekse, und nach nicht einmal einer Minute hatte er den Ochsen mit Haut und Haaren weggeputzt. Oskar, der wie im Traum zusah, hörte die Stimme seiner Oma, die ihn mahnte, das Essen nicht immer so hinunterzuschlingen.

Mit dickem Bauch rollte sich der Drache wie eine Katze zusammen, rülpste laut einen nach Schnitzel riechenden Feuerstoß in die Luft, schloss die Augen und pennte schnarchend ein.

„Oh! Jetzt schläft der süße Kleine!" Tycho war hin und weg. Allerdings nur kurz. „Für die Schwächlinge unter euch, die keinen halben Ochsen tragen können ...", begann er und sah zu Flo, „... liegen Sägen und Beile zum Zerkleinern des Futters bereit." Er deutete auf einen groben Holztisch. „Ihr füttert sie zweimal täglich. Morgens und abends. Abends müsst ihr zusätzlich die Käfige reinigen. Und nachmittags werdet ihr mit ihnen in der Arena trainieren. Alles klar?"

Die Drachentöter nickten.

Alles klar.

„Und damit ihr nicht auf dumme Gedanken kommt, wird Brock euch beaufsichtigen. Wir wollen ja nicht, dass unsere kleinen Lieblinge Schaden nehmen, nicht wahr?"

Tycho sah die Drachen liebevoll an wie eine Mutter ihre Kinderschar und schritt mit einem zärtlichen Seufzen davon.

Nachdem Tycho gegangen war, warfen Horand und Lisbeth unter Brocks misstrauischer Aufsicht weitere Ochsen in die Käfige ihrer Drachen und Flo begann, eines der Rinder in kleine Teile zu zerhacken.

Oskar sah der Fütterung wie gelähmt zu. In seinem Kopf wirbelte es durcheinander. Bilder von seinen Eltern mischten sich mit anderen voller Vulkane und Strände, dazwischen schnappte das gewaltige Maul von Feuersturm auf und zu.

Da hörte er Florian stöhnen. Seine Axt steckte fest. Oskar ging zu ihm hinüber und befreite das Werkzeug. Dann griff er selbst zu einer Säge. Er begann mit den Rippen. Anfangs gruselte ihn das Geräusch und er ekelte sich davor, das kalte, feuchte Fleisch anzufassen. Dann stellte er sich vor, dass es gar kein Tier war, das er zersägte, sondern Holzstämme. Für ein Baumhaus hinten im Garten am kleinen Bach. Sein Magen kribbelte unangenehm, als er an sein Zuhause dachte. Und als er spürte, wie Tränen in ihm aufstiegen, schüttelte er die gemeinen Gedanken wieder aus seinem Kopf.

Ich zersäge ein Tier, weil es sein muss, sagte er sich. Punkt, aus. Drachen fressen Fleisch. Also muss sie jemand mit Fleisch füttern. Das ist nichts anderes als bei Löwen im Zoo oder einem Hund zu Hause. Und nach ein paar Minuten fiel ihm die ungewohnte Arbeit tatsächlich leichter.

Als sie insgesamt drei Ochsen zerlegt hatten, warfen Florian und Oskar die Fleischstücke aus sicherer Entfernung in den Käfig, wo Destroyer sie noch im Flug röstete und geschickt aus der Luft schnappte, um sie umgehend gierig zu verspeisen. Rund zwanzigmal mussten Florian und Oskar weitere Brocken holen, während der Drache ungeduldig in seinem Käfig auf und ab marschierte und sie keine Sekunde aus den Augen ließ.

Feuersturm und Suppentöpfe

Sie hatten seit Stunden kein Wort miteinander gewechselt. Was vor allem an Oskar lag, der kaum ansprechbar war. Beim Mittagessen hatte er trotz guten Zuredens weder etwas gegessen noch getrunken. Sogar Naschis Nachtisch hatte er stehen lassen.

Jetzt, wo sie gemeinsam durch die alten Stollen liefen, beendete Lisbeth ihr Schweigen.

„Wir müssen das Training abwarten. Feuersturm hat seit Jahren nicht mehr gekämpft. Sie ist mit Sicherheit nicht mehr die Alte!", versuchte Lisbeth Oskar zu beruhigen.

Klar. Nicht mehr die Alte.

„Wie war Feuersturm denn früher?", fragte Oskar bitter, obwohl er die Antwort schon zu wissen glaubte und sie doch gleichzeitig gar nicht wissen wollte.

Er bekam ohnehin keine Antwort.

Horand sah betreten zu Boden und Lisbeth tat so, als hätte sie die Frage nicht gehört, und fummelte an ihren perfekt geschnürten Stiefeln herum.

Oskar seufzte leise und trocknete sich seine schweißnassen Hände an seiner Hose ab.

Als sie die Trainingsarena betraten, peitschte ihnen die Hitze entgegen. Das Stadion war ein einziger Glutofen. Die Sonne glühte so unbarmherzig am Himmel, dass Oskar das Gefühl hatte, es würde ihm jemand einen Föhn vors Gesicht halten. Die Luft war so erhitzt, dass sie flirrte. Oskar wagte kaum, tief einzuatmen, aus Sorge, sich die Lunge zu verbrennen.

Makkat betrat das Stadion. Er wirkte noch niedergeschlagener als sonst. Mit hängenden Schultern schlurfte er ins Stadion und klopfte mehrfach lustlos mit seinem Stock auf die Erde. Sofort schossen Felsen, Steine und Geröll aus dem Boden und verwandelten das Spielfeld der Arena in ein felsiges Gebirge.

Oskar bestaunte das Spektakel der aus dem Boden wachsenden Landschaft. Daran, war er sich sicher, würde er sich nie satt sehen können.

„Gut, ihr Flaschen“, begann Makkat. „Es nutzt zwar nix, aber wir trainieren trotzdem.“

Dann schlug er ein weiteres Mal auf den Boden und zwei Holzkisten, groß wie Badewannen, schossen aus dem Boden, flogen zwanzig Zentimeter hoch in die Luft und landeten krachend.

„Hey, Anfänger! Nehmt euch ein Trainingsschwert und legt die Rüstung an“, sagte er.

Oskar griff sich ein Schwert aus der einen Kiste, während Florian mit einem Kettenhemd aus der anderen Kiste hantierte und versuchte, den Eingang für seinen Kopf zu finden.

Die Kettenhemden waren langärmelig und bestanden aus vielen kleinen, verwobenen Metallringen. Sie waren nicht nur sauschwer, sondern auch viel zu groß für Kinder. Kaum hatte Lisbeth Florian in die Rüstung geholfen, sackte der in sich zusammen. Das Hemd reichte ihm bis zu den Waden.

Auch Oskar hatte eher das Gefühl, ein Kettenkleid zu tragen. Bei ihm schlackerte die Rüstung zwar nur bis knapp oberhalb der Knie, aber dafür zwickten die Metallringe bei jeder Bewegung seine Haut ein. Jeder Schritt fiel ihm so schwer, als trüge er seine Oma auf den Schultern mit sich herum.

Florian und Oskar stellten sich fertig gewappnet nebeneinander und warteten auf weitere Anweisungen.

Makkat betrachtete sie kopfschüttelnd.

„Die Helme auch“, sagte er dann und knetete seine Nasenwurzel, um seine Kopfschmerzen loszuwerden.

Oskar und Florian drehten bei und wühlten in der Rüstungskiste, bis sie zwei Kochtöpfe fanden.

„Die hier?“, fragte Oskar und hielt einen davon in die Luft.

„Welche sonst? Sind noch andere drin?“, fragte Makkat genervt.

„Nein“, sagte Oskar.

„Eben“, erwiderte Makkat und ergänzte: „Ihr geht mir so unglaublich auf die Nerven.“

Oskar setzte sich den Helm auf. Der sah nicht nur aus wie ein Kochtopf, sondern roch auch verdächtig nach Erbsensuppe. Und quetschte Oskars Ohren schmerzhaft ein. Florian traf es sogar noch schlimmer. Sein Helm rutschte ihm sofort bis auf die Schultern, so dass Florians Kopf komplett im Topf verschwand.

„Ich seh nix! Es ist dunkel. Unglaublich dunkel. Ich hab Angst im Dunkeln!“, schrie Florian leicht panisch. Seine Stimme hallte, als würde er in eine Kloschüssel schreien.

„Zu groß!“, stellte Makkat fest und forderte: „Zieh ihn wieder aus. Ich mach ihn enger.“

Aber sosehr Florian auch am Topf ruckelte und zerrte, sein Helm saß bombenfest.

„Geht nicht! Ich hab mich verkeilt!“, schrie Florian.

„Lass mich mal“, brummte Horand und schubste Oskar beiseite. Er packte den Helm mit beiden Händen und hob Florian vom Boden hoch. Der kreischte und strampelte mit seinen Beinen, als würde er ein unsichtbares Luftfahrrad fahren. Horand schüttelte ihn kräftig.

„Aua. Aua. Aua!“, jaulte Florian und Horand setzte ihn wieder ab. Florian taumelte wie ein sturzbetrunkener Flaschengeist durch die Gegend.

Eine kleine Randbemerkung: Die Hexe Fisselstick mahnt in ihrem berühmten „Handbuch zur Bestimmung aller magischen und nichtmagischen Arten“ übrigens ausdrücklich, Weinflaschen und andere Flaschen mit alkoholischen Getränken keine Minute unbeaufsichtigt offen stehen zu lassen. Wörtlich schreibt sie:

> Flaschengeister sind in Drachenhöhe zur Plage geworden. Besonders in der Hauptstadt Goldenhöhe gibt es sie überall. Sie lauern versteckt in Esszimmern, Küchen und Gastwirtschaften, bis sie eine Flasche gefunden haben, in die sie schlüpfen können, um sie komplett auszusaufen. Wem jemals ein besoffener Flaschengeist ins Gesicht gerülpst oder auf den Tisch gekotzt hat, wird zukünftig immer einen Korken parat haben!

„Mir ist schwindelig und schlecht“, keuchte Florian.

„Vielleicht sollten wir ihn mit Butter einschmieren. Dann flutscht er da einfach raus“, schlug Oskar vor und hielt den immer noch umhertaumelnden Florian fest.

„Bring den Nichtsnutz in die Küche!“, befahl Makkat. Lisbeth nahm Florian an die Hand und führte ihn wieder zurück. Horand sah ihr beunruhigt nach. Wie immer, wenn er nicht an ihrer Seite sein konnte.

„Beginnen wir halt mit dir.“ Makkat zeigt auf Oskar. Der trat vor.

„Du wirst gegen Feuersturm antreten. Du kennst Feuersturm?“ Und wie Oskar Feuersturm kannte! Er kannte sie so gut, dass es ihm jedes Mal den Atem raubte, wenn ihr Name fiel.

„Feuersturm trägt im Training einen Maulkorb. Sie kann dich weder beißen noch grillen. Du solltest dich allerdings vor ihren Krallen in Acht nehmen. Verstanden?“

„Ja.“

„Gut. Wir spielen das Fahnenspiel. Versuch, bis zur Fahne durchzukommen und sie ins Ziel zu bringen.“ Makkat zeichnete eine Linie in den Sand. „Das ist das Ziel“, sagte er.

Oskar nickte.

Im Gegensatz zu Fluppe winkte Feuersturm ihm nicht fröhlich zu. Das rote Ungetüm stand neben der Fahne und breitete seine Schwingen aus. Dieser Drache war ein Gigant.

Breit und stark wie ein Panzer stand er da und brüllte so laut und durchdringend, dass das Stadion erbebte. Dann erhob sich der Drache mit kräftigen Flügelschlägen in die Luft.

Obwohl Oskar Hunderte Meter vom Drachen entfernt stand, peitschten Feuersturms Schwingen Sand und kleine Steinchen in Oskars Gesicht. Als Oskar wieder wagte, die Augen zu öffnen, war Feuersturm verschwunden.

Oskar atmete zweimal tief ein und aus. „Dann mal los", flüsterte er und lief zum ersten Felsen. Der Helm rutschte ihm über die Augen und er knallte gegen harten Stein.

Oskar fiel rücklings zu Boden und rappelte sich wieder auf.

Er hörte die Stimme von Horand. „Alles klar?"

Oskar reckte den Daumen hoch.

Alles gut.

Er schob den Helm wieder hoch und sah, wie Makkat die Augen himmelwärts verdrehte. Horand ballte ermutigend die Faust.

Oskar schlich weiter. Die Ärmel des Kettenhemds waren einfach zu lang. Immer wieder verhedderte sich der Griff seines Schwerts in ihnen und Oskar musste einen Zwischenstopp einlegen, um sein Schwert aus den Metallringen zu befreien. Außerdem raschelte und schepperte es so laut über den Boden, dass ein unbemerktes Anschleichen nicht möglich war.

Außer …

Oskar hob das Kettenhemd an und lief weiter. Ein bisschen sah er so aus wie seine verrückte Tante Betti, wenn sie mit angehobenem Rock barfuß durch den kleinen Bach tänzelte, weil das so furchtbar gesund war.

Von einem kühlen Bach konnte Oskar nur träumen. Die Hitze setzte ihm von Minute zu Minute mehr zu. Sein Suppentopf-Helm glühte in der Sonne. Schweiß rann seine Stirn hinunter und brannte in seinen Augen. Sein Mund war knochentrocken, seine Zunge geschwollen und rissig. Er robbte einen Hügel hoch und hielt nach Feuersturm Ausschau. Vergeblich. Vom Drachen war immer noch nichts zu sehen.

Hilfesuchend sah sich Oskar zu Horand um. Der stand, um das Geschehen besser beobachten zu können, gemeinsam mit Makkat auf einer Tribüne, zuckte aber nur mit den Schultern.

Vorsichtig rutschte Oskar auf dem Bauch den Hügel wieder runter.

Dann hörte er ein nahes, sehr nahes, metallisches Klopfen.

Däng. Däng. Däng.

Und bevor Oskar überhaupt begriff, dass Feuersturm direkt hinter ihm stand und mit einer einzelnen Kralle grinsend auf seinen Helm klopfte – Däng! Däng! Däng! –, schlug der Drache ihm den ausrangierten Suppentopf mit einem Schlag über die Rübe.

BÄM.

Wie bei Florian zuvor steckte sein Kopf fest und er sah nichts mehr. Und wie Florian bekam auch Oskar den Helm nicht mehr von seinem Kopf gezogen. Egal wie stark er auch rüttelte und zog, das Ding saß bombenfest bis übers Kinn.

Oskar irrte panisch mit ausgestreckten Armen durch die Arena. Feuersturm blieb ihm auf den Fersen und trommelte wie eine Schlagzeugerin die ganze Zeit auf seinem Helm herum.

„Lass das!“, fluchte Oskar, während Feuersturm begann, fröhlich pfeifend ein Lied zu trommeln, das Oskar stark an „Alle meine Entchen“ erinnerte.

Oskar schlug mit seinem Schwert wild um sich. Spielend wich Feuersturm seinen Schlägen aus und schnippte ihn weg von sich wie losen Schorf von einer Wunde.

Oskar verfiel ungewollt ins Laufen. Er stolperte über Steine, rutschte im losen Geröll aus, knallte gegen Felsen und Steine, bis Makkat endlich ein Einsehen hatte und den Durchgang mit einem lauten Pfiff beendete. Feuersturm, die sich vor Lachen nicht mehr einkriegte, zog sich zu ihrer Fahne zurück.

Als Erstes kam Horand zu Hilfe geeilt.

„Geht's noch?“, fragte er.

„Ja. Seh nur nix.“

Horand packte den Topf und riss ihm Oskar mit einem Rutsch vom Kopf.

Oskar rieb sich seine glühenden Ohren und schmerzenden Knie. Mittlerweile war auch Makkat da. Er sah erschüttert aus.

„Kannst du noch mal oder bist du verletzt?", fragte er ohne jedes Mitleid.

„Nein. Ich bin nicht verletzt. Ich kann noch mal", hörte sich Oskar zu seiner größten Überraschung sagen.

Hatte er den Verstand verloren? War er ein Idiot?

Ja, beantwortete Oskar sich selbst seine Frage.

Offensichtlich.

Er konnte noch mal. Nur wollte er nicht. Überhaupt nicht.

„Dann los", befahl Makkat und läutete die nächste Runde „Idiot gegen Drache" ein. Wieder rannte Oskar los und wieder verschwand Feuersturm aus seinem Blickfeld, nur um wenige Sekunden später kichernd hinter seinem Rücken aufzutauchen. Sofort ballerte der Drache den Suppentopf erneut über Oskars Kopf.

BÄM!

Und wieder irrte Oskar durch die Arena und versuchte den Helm loszuwerden. Währenddessen hüpfte Feuersturm überraschend leichtfüßig um Oskar herum und zerfetzte sein Kettenhemd und T-Shirt. Metallringe und Stofffetzen regneten zu Boden.

Oskar sprang mit dem Topf auf dem Kopf durch die Gegend wie ein Frosch. Mit einem weiteren schnellen Schnitt

durchtrennte der Drache Oskars Gürtel und seine Hose sauste zu Boden. Oskar stolperte und fiel um wie ein Sack Kartoffeln.

Im Staub liegend, versuchte Oskar sich wieder anzuziehen. Vergeblich. Die verdammte Hose hatte sich so unglücklich an seinen Stiefeln verfangen, dass er sie nicht hochgezogen bekam. Oskar wand sich im Sand wie ein Wurm, schluckte Staub und kämpfte mit seiner Hose, die sich mittlerweile wie Fesseln um seine Beine gewickelt hatte. Allein konnte er sich nicht befreien.

Noch nie im Leben war Oskar sich so lächerlich vorgekommen wie jetzt.

Wieder beendete Makkat den Durchgang.

„Ich kann dich nicht mehr ertragen. Verschwinde und zieh dir was über."

Wie beim Sackhüpfen hopste Oskar in seiner Unterhose frustriert aus der Arena.

Als er das Innere des Stadions erreicht hatte, kamen ihm Flo und Lissy entgegen.

„Was 'n das für ein Training?", fragte Lisbeth grinsend.

„Keins", antwortete Oskar patzig. Blöde Sprüche hatten ihm gerade noch gefehlt.

„Wie siehst du denn aus?", fragte Florian ohne Topf auf dem Kopf.

„Super", zischte Oskar, der tatsächlich noch bescheuerter aussah als Florian, obwohl dem seine komplett verschmierten Haare wild vom Kopf abstanden, als hätte er in eine Steckdose gegriffen.

Brennende Haare und brennende Hintern

Als Oskar in die Drachentöterstube hüpfte, erkannte er sie kaum wieder. Der große Esstisch, die Stühle, die Betten und sogar die weichen Sessel vor dem Kamin waren weggeräumt worden. Sie standen zu einem bedrohlich wackligen Turm gestapelt an der Wand.

Oskar blieb verdutzt stehen, mit auf den Knöcheln hängender Hose, als Naschi in den Saal geflogen kam. Sie trug ein graues Kopftuch, aus dem ihre verschwitzten Haare lugten, eine hellblaue Schürze mit Blumenaufdruck und einen Putzeimer plus Wischmopp.

„Wie siehst du denn aus?", fragten beide gleichzeitig.

„Feuersturm", antwortete Oskar knapp.

„Frühjahrsputz. Wie jeden Tag", antwortete Naschi und pustete sich eine widerspenstige Haarsträhne aus dem Gesicht.

„Jeden Tag?"

„Natürlich jeden Tag", sagte Naschi und schüttelte den Kopf, als wäre Oskar etwas begriffsstutzig. Dann zog sie eine Taschenuhr an einem goldenen Band aus ihrer Schürze. Kaum hielt sie die Uhr in den Händen, wurde diese immer größer, bis sie so groß war wie Omas alter Wecker.

„Ach du liebes Lieschen, schon so spät!", rief die Küchenfee – es war ja längst Hochsommer – und steckte die Uhr schnell wieder ein.

„Aufpassen!", rief sie und trat gegen den Putzeimer. Wasser ergoss sich über den Holzboden und Oskars Hose.

„Hey!" Oskar hopste rückwärts, während Naschi sich den Wischmopp schnappte, in Höchstgeschwindigkeit durch den Saal sauste und dabei immerzu „Weg! Weg! Weg! Der Dreck muss weg!" sang.

Oskar wartete, bis die Bahn frei war, dann hüpfte er schnell ins Bad, bevor er über den Haufen geflogen wurde. Dort watschelte er in winzigen Schritten zum Klo, setzte sich und zog endlich, endlich seine Hose aus.

Dann schleppte er sich erschöpft in die Dusche. Mit offenem Mund stand er unter dem Wasserstrahl, stillte seinen Durst und duschte sich den Staub und Schweiß des Trainings vom Körper. Oskar wünschte sich, dass es auch eine Dusche gäbe, die seine Erinnerungen an das Training aus seinem Kopf spülen konnte. Aber die Erinnerung an Feuersturm blieb.

Als Oskar erfrischt und sauber zurückkam, sah die Stube bereits wieder aus wie immer. Auf seinem Bett lag frische Kleidung für ihn bereit: eine weite Stoffhose, Socken, T-Shirt und ein kuschliger Pullover. Oskar trocknete sich gründlich ab, schlüpfte in die frischen, gemütlichen Sachen und fühlte sich gleich viel besser. Er klopfte an die Küchentür.

„Herein!", rief die Küchenfee, ohne von ihrem Schneidbrett aufzusehen.

Oskar steckte seinen Kopf durch den Spalt. „Ich wollte mich nur für die frischen Anziehsachen bedanken", sagte er und trat in die eingedampfte Küche.

„Gern geschehen."

„Das riecht aber gut", sagte Oskar und atmete tief durch die Nase ein.

Naschi schmiss geschälte Tomaten in einen vor ihr brodelnden Topf. Es roch nach gebratenem Fleisch. Fast so wie heute Morgen bei der Drachenfütterung. Nur würziger und raffinierter. Der Duft von Knoblauch und anderen Gewürzen und Kräutern mischte sich unter den Bratenduft.

„Das wird ein Chili", sagte die Küchenfee und wischte sich den Schweiß von der Stirn.

„Lecker!" Oskar lächelte traurig. Normalerweise liebte er Chili, aber heute war ihm der Appetit gründlich vergangen.

„Richtig scharfes Chili!", erklärte Naschi und warf dreißig fein geschnittene Peperoni in den Topf.

„Sag das bloß nicht Fluppe. Sonst bleibt für uns nichts übrig", witzelte Oskar und Naschi sah ihn durch ihre großen beschlagenen Brillengläser an.

„Wieso?", fragte sie.

„Na, Fluppe liebt scharfe Sachen!", erklärte Oskar, der sich freute, endlich auch mal was zu wissen.

„Alle Drachen lieben Scharfes", entgegnete Naschi. „Sie sind verrückt danach. Sie vertragen es nur nicht." Die Küchenfee nahm einen Holzlöffel und steckte ihn in den Topf, wo er sofort Feuer fing.

„Ich weiß. Das hat mir Makkat schon erzählt", sagte Oskar, während die Küchenfee hektisch versuchte, den brennenden Löffel auszupusten.

„Köstlich", brummelte sie dazwischen. „Genau richtig."

Rauch stieg auf. Funken flogen durch die Gegend und zündeten Naschis Kopftuch an. Die Fee hob panisch ab, drehte in Höchstgeschwindigkeit zwei Runden durch die Küche und schlug sich mit beiden Händen schnell wie eine Nähmaschine auf den Kopf. Als das nicht half, brauste sie zur Spüle und stürzte sich kopfüber ins Spülwasser. Zischend stieg Wasserdampf auf. Als alle Feuer erloschen waren, krabbelte Naschi aus dem Becken und flog klatschnass zurück zum Kochtopf, als wäre nichts passiert.

„Weißt du" sagte sie, „wenn Drachen etwas Scharfes essen, dann pupsen sie Feuer. Und das wochenlang."

„Wochenlang?"

„Oh ja. Und das ist nicht witzig, sondern saugefährlich für alle, die in ihrer Nähe sind. Und für die Drachen ist es auch ziemlich schmerzhaft."

„Echt?", fragte Oskar, der gedacht hatte, dass Drachen mit Feuer kein Problem hätten.

„Na klar! Wer läuft schon gerne mit einem verbrannten Hintern rum?"

„Ich nicht!", rief Oskar.

„Eben. Hinsetzen kannst du damit vergessen." Dann warf sie eine weitere Peperoni in den Topf. „Na, vielleicht eine noch …"

Zum Chili servierte Naschi Milch.

„Falls es zu scharf wird", erklärte sie und flatterte davon.

Und Oskar brauchte Milch. Jede Menge sogar, denn das Chili brannte wie Feuer. Er schwitzte aus allen Poren, dabei fielen vor dem Fenster längst die ersten Schneeflocken.

Am Tisch wurde wenig gesprochen. Außer „Gibst du mir bitte mal den Milchkrug? Sofort!" und „Ich brauch Milch! Ich brauch Milch!" und „Ich verbrenne innerlich!" fand kein Gespräch statt. Nur ab und zu merkte Oskar, wie ihn ein mitleidiger Blick aus den Augenwinkeln streifte.

Als das scharfe, aber ebenso köstliche Chili verputzt war, brach Florian sein Schweigen.

„Wollen wir was spielen?“, fragte er.

„Was denn?“, wollte Lisbeth wissen.

„Ein Brettspiel vielleicht?“

„Haben wir nicht“, grunzte Horand, den sich Oskar auch kaum mit kleinen Spielfigürchen in der Hand vorstellen konnte. Vor allem heute Abend nicht. Auf seiner blutverschmierten Stirn prangte gut sichtbar eine zentimeterlange, frisch genähte Wunde. Oskar wagte gar nicht zu fragen, was beim Training passiert war.

„Ich weiß nicht. Vielleicht ist der Zeitpunkt für ein Spiel etwas ungünstig“, sagte Lisbeth und sah verstohlen zu Oskar rüber.

Dem war allerdings alles lieber, als die ganze Zeit bemitleidet zu werden. „Gute Idee, lasst uns was spielen!“, sagte er und erhob sich vom Tisch. „Was haben wir denn da?“

„Nur *Kampf um Baat*. Ist ein Kartenspiel.“

„Ein Kartenspiel?“, fragte Oskar enttäuscht. Seit den Kukaca-Nachmittagen mit seinen Großeltern war er nicht gerade ein Freund von Kartenspielen.

Lisbeth stand auf und zog den dicksten Kartenstapel, den Oskar je gesehen hatte, aus der Kommode. Er war dick wie ein Lexikon und bestand aus mindestens 100 Karten, die Lisbeth auf den kleinen Wohnzimmertisch vor dem Kamin warf.

„Oha. Das sieht aber kompliziert aus“, sagte Florian.

Oskar musste an seinen Opa denken und wie er sich im Schneckentempo durch diesen Haufen arbeiten würde. Ihm lief ein kalter Schauer über den Rücken.

Florian nahm neben ihm Platz und Horand neben Lisbeth. Die sortierte die Karten nach den Farben ihrer Rückseite.

„So", sagte sie. „Ich erkläre euch schnell, wie es geht."

„Super." Florian rieb sich voller Vorfreude die Hände.

„Es gibt vier Helden: den Krieger. Den Heiler. Den Magier. Und den Schurken. Alle Helden haben eigene Karten mit eigenen Fähigkeiten. Das Ziel des Spiels ist, als Letzter noch Punkte zu haben."

„Darf ich der Krieger sein?", rief Florian aufgeregt.

„Logisch. Hast du dir nach dem Training verdient", grinste ihn Horand an und erntete einen bösen Blick von Lisbeth, die dann wieder bedeutungsvoll zu Oskar schaute.

Als ob Florian Oskars Problem wäre. Oskar freute sich für Florian. Sehr sogar. Sein Problem war Feuersturm und nicht der Erfolg anderer.

Lisbeth stellte vor jeden Spieler ein kleines Kästchen, auf dem die Zahl 25 stand.

„Das sind eure Lebenspunkte. Jedes Mal, wenn eine Karte euch angreift, zieht das Kästchen automatisch die Angriffspunkte von eurem Lebenskonto ab. Jede Karte, von den Zauberkarten abgesehen, hat Lebenspunkte und Angriffspunkte! Und wenn ihr damit angreift, passiert Folgendes …"

Lisbeth demonstrierte das Spielprinzip, indem sie eine ihrer Karten, ein wild gewordenes Schwein mit drei Angriffspunkten, zum Kästchen führte. Sofort stand auf Oskars Kästchen nur noch 22.

„Ihr müsst nun von den fünfzig Karten vor euch zwanzig auswählen. Es gibt aggressive Karten und eher passive. So wie diese hier …" Lisbeth nahm eine Karte und hielt sie Oskar unter die Nase.

„Das ist der Rolch. Der Rolch hat zwar nur einen Angriffspunkt, aber er kann jede gegnerische Karte zerstören, weil er ein Giftmischer ist. Allerdings kann er das nur einmal, dann stirbt er. Und die hier ist eine Festungskarte. Wenn du die ausspielst, also vor dich legst, mauerst du dich ein und kannst nicht direkt angegriffen werden. Der Gegner muss erst die Festungskarte erledigen. So weit alles klar?", fragte Lisbeth in die Runde.

„Ja", sagte Florian, der längst seine Karten studierte und manche für gut und manche für schlecht erachtete und wieder auf den Stapel legte.

Lisbeth redete weiter, aber Oskar hörte nicht mehr zu. Ein paar Minuten später war Lisbeth am Ende und alle vier stellten sich ein aus zwanzig Karten bestehendes Deck zusammen. Wie in Trance sah sich Oskar die Karten an und suchte sich, ohne nachzudenken, welche aus und legte andere beiseite. Eine nervöse Unruhe breitete sich in ihm aus.

Er wusste nicht einmal, warum. Erst als er den Rolch in Händen hielt, fiel es ihm wie Schuppen von den Augen.

Oskar sprang aus seinem Sessel auf und knallte die Rolch-Karte, einen hässlichen, verschlagen guckenden Gnom mit einem Angriffs- und drei Lebenspunkten, auf den Tisch.

„Vergiften!“, schrie er so laut, dass ihn nicht nur alle verblüfft anglotzten, sondern Flattermann vor Schreck rückwärts von seinem Balken kippte. Mit einem leisen „Pfumb!“ landete er in Oskars Bett und kroch panisch unter die Bettdecke. Naschi, die einen sechsten Sinn zu haben schien, wenn es Flattermann schlecht ging, kam in den Saal gedüst.

„Ich glaube, du hast die Regeln nicht verstanden. Ich erkläre sie dir noch …“

„Nein. Nein. Nein!“, unterbrach Oskar Lisbeth aufgeregt. „Ihr versteht nicht. Ich muss Feuersturm vergiften. Mit etwas Scharfem zu essen. Irgendwas. Du hast doch selbst gesagt, dass Drachen verrückt nach scharfem Essen sind.“

„Das stimmt. Drachen lieben Scharfes“, bestätigte Horand.

„Aber sie vertragen es nicht“, ergänzte Oskar. „Und darum serviere ich Feuersturm irgendwas Scharfes. Sie wird es fressen, weil sie es liebt, und dann so heftig Feuer pupsen, dass sie gar nicht erst zum Kampf antreten kann.“

Mit großen Augen starrte Oskar die anderen erwartungsvoll an. Diese reagierten zu seinem Verdruss weniger euphorisch, als er es erwartet hatte.

Horand kratzte sich am Kinn. Florian bekam Schluckauf und Lisbeth verzog skeptisch ihr Gesicht.

„Hm. Wie willst du zu ihr durchkommen?“, fragte sie. „Feuersturm lebt im Schloss!“

„Das weiß ich noch nicht. Aber da wird mir etwas einfallen. Ganz sicher.“

Während die Nacht hereinbrach und mit der Nacht die Kälte, rollte sich Oskar in seinem Bett zusammen. Bis zum nächsten Morgen lag er so da und grübelte. Was nicht an seiner herben Niederlage im Kartenspiel *Kampf um Baat* lag – die Spielregeln hatte er im Gegensatz zu Florian bis zum Schluss nicht begriffen.

Es war ihm auch egal. Er musste an so viele wichtigere Dinge denken. Wie konnte er zu Feuersturm gelangen? Wo genau war der Drache untergebracht? Wich er der Königin überhaupt einmal von der Seite? Schliefen sie vielleicht sogar im selben Bett?

Und selbst wenn er alle Fragen beantworten konnte, wie sollte er hier rauskommen? Allein wohl kaum. Aber wer könnte ihm helfen?

Makkat konnte sich überall frei bewegen. Aber der Kobold mochte ihn nicht, hasste ihn sogar. Auf Makkat konnte er nicht zählen.

Ähnlich sah es bei Tycho aus. Und Brock, der Kerkertroll, verstand vermutlich noch nicht einmal seine Sprache. Konnte Brock überhaupt richtig sprechen? Oder bestand sein Vokabular nur aus Grunzlauten, wie bei Oskars fieser Mathelehrerin?

Oskars Gedanken drehten sich im Kreis. Es musste eine Möglichkeit geben! Ganz bestimmt. Er brauchte nur mehr Zeit.

Schließlich beschloss Oskar, sich vor dem morgigen Training zu drücken. Er würde eine Erkältung simulieren, das gab ihm etwas Zeit, um einen Plan zu schmieden. Und er hatte sowieso keine Lust, sich von Feuersturm lächerlich machen zu lassen.

Oskar war zufrieden. Morgen würde er erst mal mit Naschi unter vier Augen reden. Die Küchenfee konnte ihm ein scharfes Essen zubereiten, bei dem allen Drachen auf der Welt das Wasser im Maul zusammenlief und sie gar nicht anders konnten, als es gierig in sich hineinzuschlingen …

Hoffentlich würde Naschi ihm helfen. Oskar nämlich konnte nur Spiegeleier braten. Und mit einem Spiegelei, auch wenn er es pfefferte, konnte er bei Feuersturm keinen Blumentopf gewinnen. Das war ihm klar.

113 Grad Fieber

Am nächsten Morgen blieb Oskar im Bett liegen und spielte krank, als ob ihn eine Mathearbeit erwarten würde: schwere Erkältung, Fieber und Gliederschmerzen inklusive. Immer wenn ihn niemand im Blick hatte, kitzelte er sich so lange mit einer Feder in der Nase, bis er niesen musste. Dann stöhnte er jämmerlich und zog sich die Decke kichernd noch ein Stück weiter über den Kopf.

Die anderen hatten bereits gefrühstückt und die Drachen versorgt. Nun bereiteten sie sich auf das anstehende Training vor. Horand schnürte seine Stiefel und Florian setzte sich seinen albernen Helm auf.

„Am besten bleibst du im Bett." Lissy stellte ihm einen Teller mit zwei Brötchen und eine Tasse Kakao neben das Bett. „Morgen geht es dir bestimmt schon wieder besser", sagte sie noch, bevor sie mit den anderen verschwand.

Florian, der als Letzter die Drachentöterstube verließ, winkte ihm zum Abschied zu.

Kaum waren die Drachentöter weg, kam Naschi an sein Bett gerauscht.

Sie legte ihre eiskalte, winzige Hand auf seine Stirn und sagte: „Aha." Dann riss sie ihm unsanft die Augen weit auf und leuchtete mit einer kleinen Taschenlampe hinein.

„Aha", sagte die Küchenfee wieder. „Momentchen."

Naschi brauste in die Küche. Knapp eine Minute später kam sie weiß wie eine Krankenschwester gekleidet zurückgeflattert. Ein Stethoskop baumelte ihr um den Hals und auf ihren verwuschelten Haaren saß ein weißes Hütchen, auf dem ein rotes Kreuz prangte.

„Umdrehen und Hose runter!“, befahl sie streng und wedelte mit einem Thermometer, das verdächtig nach einem knubbeligen Quietscheentchen mit ungewöhnlich langem Bürzel aussah.

„Was ist das denn?“, rief Oskar beunruhigt.

„Das ist eigentlich für die Badewanne. Funktioniert aber als Fieberthermometer genauso gut.“ Naschi winkte ungeduldig mit der Hand. „Und jetzt los, Hose runter! Ich muss Fieber messen.“ Die Küchenfee riss seine Bettdecke weg und packte seine Schlafanzughose mit beiden Händen.

Oskar setzte sich so schnell auf, dass ihm schwindelig wurde. Blitzschnell packte er seine Hose und hielt sie fest, während die Fee an ihr zerrte.

„Pass auf! Die Hose reißt!“, rief Oskar.

„Dann lass sie los!“, forderte die Fee.

„Fieber kann man auch unter dem Arm messen“, protestierte Oskar panisch, der der Küchenfee keinesfalls seinen nackten Hintern zeigen wollte.

„Kann man nicht! Das ist ungenau!“, keifte die Fee und zerrte weiter.

„Doch!“, schrie Oskar und hielt die Hose mit aller Kraft fest. „Und im Mund geht auch!“

„Wirklich?“, fragte die Küchenfee und machte eine Vollbremsung direkt vor Oskars Nase.

„Wirklich!“, sagte Oskar schielend.

Naschi kratzte sich nachdenklich am Kinn. „Na gut! Mund auf."

Die Küchenfee schüttelte das Thermometer auf null und schob es Oskar unsanft zwischen die Zähne. Dann fummelte sie ihre Uhr aus dem weißen Kittel, die, kaum war sie draußen, sofort auf Kürbisgröße anwuchs.

„Waff mafft du?", nuschelte Oskar.

„Pscht. Mund halten und zwei Minuten warten."

Beide warteten. Oskar starrte zur Decke, wo Flattermann saß und zurückstarrte. Naschi wendete den Blick nicht von der Uhr ab.

Endlich nickte die Küchenfee. „Zwei Minuten rum!" Sie zog Oskar das Quietscheentchen aus dem Mund und kontrollierte die Temperaturanzeige. „Ach du lieber Troll! Das ist schlimm!", rief sie und wurde kreidebleich.

„Was denn?", fragte Oskar nervös. Egal ob man eine Krankheit simuliert oder wirklich krank ist – auf gar keinen Fall will man von einer Krankenschwester am Ende einer Untersuchung die Worte „Ach du lieber Troll! Das ist schlimm!" hören.

Naschi sah ihn traurig an. „Du hast Fieber!"

„Echt?" Oskar war überrascht und fühlte sich tatsächlich gleich ein bisschen schlechter.

„Ja. Du hast 113 Grad Fieber!"

„Wie bitte?" Er musste sich verhört haben.

„113 Grad!“, flüsterte die Küchenfee und tätschelte vorsichtig seine Hand. „Du verbrennst innerlich.“

Oskar musste lachen. Zwar kannte er sich nicht sonderlich gut mit Krankheiten aus, aber dass er 113 Grad Fieber hatte, war ausgeschlossen. Völlig unmöglich.

„Das kann nicht sein“, sagte er, warf die Decke zur Seite und wollte aufstehen.

„Du musst liegen bleiben“, sagte die Fee und drückte ihn zurück auf die Matratze.

„Ne, echt, ist schon gut, ich kann aufstehen“, erklärte er und Naschi drückte ihn wieder zurück.

„Du redest wirres Zeug“, flüsterte sie lächelnd. „Fieberwahn. Bleib einfach liegen, du armer Junge. Ich bin gleich wieder da.“

„Mir geht es wirklich …“

„Klappe zu und liegen bleiben!“, zischte ihn die Fee böse an.

Oskar legte sich wieder hin.

Naschi raste los und kam völlig überladen zurückgetrudelt. Auf ihrem Kopf balancierte sie einen Wäschekorb. Sie bruchlandete auf Oskars Bett, krabbelte unter dem Korb hervor, richtete ihre Haube und begann auszupacken. Sie schob eine Wärmflasche aus Metall unter seine Decke, setzte Oskar eine zu große Bommelmütze auf und erdrosselte ihn fast mit einem selbst gestrickten Schal in Grün.

Dann goss die Küchenfee ein großes Glas brühend heißen Tee ein, träufelte etwas Honig hinzu, rieb ein Stückchen Kröte in den dampfenden Aufguss und verabschiedete sich mit dem Hinweis, dass Oskar jetzt Schlaf benötige.

„Ich komme in einer Stunde nach dir gucken. Trink den Tee“, sagte sie und gab ihm einen dicken Kuss auf die Stirn.

Oskar wollte protestieren, aber die Fee legte ihm einen Finger auf die Lippen, machte „Psst“ und schwirrte davon.

Na gut, dachte Oskar. Er war zwar kerngesund, aber ein kleines Nickerchen konnte nicht schaden. Schließlich hatte er die halbe Nacht wach gelegen. Ein paar Minütchen vielleicht. Oskar nahm einen Schluck vom herrlichen Krötentee. Sofort wurde ihm schwummerig und er schlief ein.

Ein Erdbeben war es schließlich, das Oskar unsanft aus seinem tiefen Schlaf schüttelte. Gähnend und völlig verschwitzt öffnete er die Augen. Ein Herbststurm tobte über Drachenhöhe und peitschte Regen und Laub an die Fenster.

Mist! Schon Herbst? Die anderen würden bald vom Training zurück sein!

Naschi hatte Kerzen entzündet und neben sein Bett gestellt. Aber das war nicht alles: Ein Teller mit Keksen stand auch noch da. Und ein Buch.

Oskar nahm es in die Hand. Auf dem Umschlag stand:

Gertrude E. Fisselstick

HANDBUCH ZUR BESTIMMUNG ALLER MAGISCHEN UND NICHTMAGISCHEN ARTEN

Neugierig schlug Oskar es auf. Das Buch war in Leder gebunden und ziemlich abgegriffen. Es hatte zahlreiche Illustrationen und Fotos der unterschiedlichsten Wesen: Trolle und Greife, Riesen und Zwerge, Elben und Stinktiere.

Beim Drachen-Kapitel blieb Oskar hängen.

Drachen in freier Natur. Drachen während des Flugs. Feuer speiende Drachen. Drachen in ihrem Nest.

Oskar wunderte sich. Niemals hätte er gedacht, dass Drachen wie Vögel Nester bauen, um darin ihre Eier abzulegen.

Oskar begann zu lesen. Er erfuhr, dass es eine Zeit gegeben hatte, in der die Bewohner Drachenhöhes und die Drachen keine Feinde gewesen waren. Man ging sich zwar aus dem Weg, aber lebte friedlich nebeneinanderher. Dann aber änderte sich alles. Die Drachen brachen den Frieden und erklärten allen Nichtdrachen den Krieg. Warum sie das getan hatten, beantwortete das Buch nicht. Es folgte ein endloser Kampf „Drachen gegen Nichtdrachen", an dessen Ende nun Oskars Kampf gegen Feuersturm stand.

Ein weiterer Abschnitt erzählte von der Heimat der Drachen, dem Drachenberg. Zwischen Drachenhöhe und dem aktiven Vulkan Drachenberg erstreckte sich das selbst für geübte Bergsteiger unüberwindliche Riesengebirge – und nicht einmal die kräftigsten Drachen konnten diese Bergkette überfliegen, so dünn war die Luft über den Gipfeln.

„Drachen sind reich. Sie besitzen die größten Schätze, die man sich nur vorstellen kann. Seit Jahrtausenden horten sie schier unvorstellbare Mengen an Gold, Silber und Diamanten in ihren Höhlen. Außerdem vermuten einige, dass sogar der Drachenberg selbst zur Hälfte aus purem Gold besteht …"

Oskar legte das Buch beiseite und stand auf. Es hatte merklich abgekühlt. Um sich nicht wirklich noch zu erkälten, wickelte Oskar sich in seine Decke und huschte in die Küche.

Er musste unbedingt mit Naschi reden, bevor die anderen wieder zurück waren.

In der Küche brutzelte Fleisch in einer Pfanne und Gemüse kochte in zwei Töpfen. Von Naschi war weit und breit nichts zu sehen.

„Hallo?“, rief Oskar.

Keine Antwort.

Oskar versuchte es noch einmal. Diesmal lauter.

„Hallo, Naschi! Bist du da?“

Keine Antwort.

Der Zeiger auf der Küchenuhr sprang auf Winter. Jeden Moment konnten die anderen zurückkommen. Oskar räusperte sich. Und schrie, so laut er konnte: „Haaallooo!!!“

Oskar spitzte die Ohren. Bis auf das Brutzeln des Fleischs, das Blubbern aus den Töpfen und ein leises Wimmern aus dem Kühlschrank hörte er nichts. Ein leises Wimmern?

Oskar öffnete den Kühlschrank.

„Bist du hier drin, Naschi?“, rief er hinein. Das Wimmern wurde lauter.

Oskar zog das Gemüsefach ein Stück heraus. Naschis Bett war leer.

„Hmmmm. Hmmmmmm!“

Das Wimmern wurde lauter und kam eindeutig aus dem Gefrierfach. Die Klappe knirschte, als Oskar das Fach aufriss. Eisbröckchen rieselten ihm entgegen.

Und dann sah Oskar Naschi. Sie klebte mit der Zunge an einer Packung Tiefkühlerbsen fest und winkte ihm hektisch zu. Ihre Lippen waren bereits blau angelaufen und kleine Eiszapfen hingen an ihren Wimpern.

„Was ist denn passiert?“ Vorsichtig nahm Oskar die Erbsen

aus dem Gefrierfach. „Soll ich dich davon abziehen?“ Oskar packte die zitternde Fee mit der rechten Hand, die Erbsenschachtel mit der linken und zerrte daran wie an einem Knallbonbon. Die Zunge der Fee wurde länger und länger.

„Hmmaamuhmm!!!“ Naschi wackelte mit dem Kopf.

„Nicht ziehen?“, fragte Oskar unsicher.

Naschi zeigte zum Herd und endlich verstand Oskar. Nach ein paar Sekunden über dem aufsteigenden Wasserdampf war Naschi befreit.

„Danke!“, quiekte sie und stürzte sich mit einem Kopfsprung in die Suppe. „Aaah! Schön warm!“, stöhnte sie zufrieden auf. Die Fee schwamm ein paar Runden, kletterte heraus, pulte sich Petersilie aus Haaren und Ohren und schnippte sie zurück in den Topf.

Oskar nahm sich fest vor, heute Abend auf die Suppe zu verzichten.

„Puh!“ Die Fee grinste. „Da bin ich wohl irgendwie mit der Zunge an die Packung gekommen und zack war ich aus Versehen festgeklebt.“

„Aus Versehen?“, fragte Oskar verwirrt. „Mit der Zunge?“

Naschi wurde rot im Gesicht. „Was willst du überhaupt hier? Du gehörst ins Bett.“

„Ich habe eine Frage. Es ist vielmehr eine Bitte.“

„Dann bitte los“, sagte Naschi und glotzte ihn neugierig durch ihre Brillengläser an.

Oskar holte Luft: „Ich brauche einen Topf superscharfes Chili von dir.“

„Mein Chili ist lecker, was?“, fragte die Küchenfee nicht ohne Stolz.

„Und wie!“, antwortete Oskar, was nicht gelogen war. „Es ist mein absolutes Leibgericht“, sagte er noch. Was aber schon gelogen war. Sein Leibgericht war Pizza.

„Verständlich“, flötete die Fee wenig bescheiden. „Mein Chili ist das beste Chili von Drachenhöhe. Ach, was sage ich – es ist das beste Chili der Welt. Des Universums! Da sind sich alle einig!“

Was wiederum ebenfalls eine glatte Lüge war. Denn sogar die Hexe Fisselstick gibt zu, dass das beste Chili von Drachenhöhe, und vielleicht der ganzen Welt, der Küchenchef des Lokals „Trübe Tasse“ kocht, in der Königin-Elder-Sarina-Straße 4, Hausnummer 13:

Der Küchenchef der „Trüben Tasse“ ist ein Phönix. Einer dieser wunderlichen Vögel, die, wenn ihre Zeit gekommen ist, einfach in Flammen aufgehen, um nur einen Tag später aus ihrer eigenen Asche wiederaufzuerstehen und zur Arbeit zu gehen. Was jeden Montag geschieht. Weshalb sonntags die „Trübe Tasse“ auch geschlossen bleibt.

Oskar zeigte auf den größten Topf, den er jemals gesehen hatte. „So ein Topf voll wäre gut!"

„Warum einen so großen Topf? So viel kannst du doch gar nicht essen", fragte Naschi und beäugte ihn misstrauisch.

„Doch. Klar. Ich schaff das. Äh … Locker sogar", stammelte Oskar.

Die Küchenfee nahm einen Holzlöffel vom Tisch und patschte Oskar damit kräftig auf die Finger. „Lüg mich nicht an! Ich mag das nicht!", fauchte die Fee.

Oskar zog blitzartig seine Hände zurück und verschränkte sie hinter seinem Rücken.

Was keine gute Idee war, denn Naschi schlug ihm nun mit dem Löffel auf die Nase.

„Aua!"

„Sag, wozu du so viel Chili brauchst!", befahl sie streng und hob erneut drohend ihren Arm.

„Ich brauche es, um Feuersturm zu vergiften, damit sie Feuer pupst und nicht gegen mich kämpfen kann", sagte Oskar schnell.

Naschi senkte ihren Arm. „Kein Problem. Ich koch es dir!", flötete sie fröhlich. „Sonst noch was?"

„Äh … Ja!" Oskar war verdattert. Das hatte er sich schwieriger vorgestellt. „Weißt du zufällig auch, wo Feuersturm lebt?"

„Nicht genau. Irgendwo im Schloss", antwortete Naschi.

Oskar war enttäuscht. „Und das ist bestimmt gigantisch groß, oder?“, fragte er.

„Natürlich“, sagte die Fee und flog zu ihrem Herd zurück.

„Das hab ich mir gedacht“, flüsterte Oskar.

„Was hast du gesagt?“, fragte Naschi.

„Nichts. Vielen Dank.“

„Keine Ursache!“

Drachen unter sich

Kaum dass Oskar sich wieder ins Bett gelegt hatte, trafen die anderen ein. Lisbeth sah so frisch und erholt aus, als wäre sie gerade aus der Dusche gekommen, Horand war von Kopf bis Fuß verdreckt und Florian humpelte etwas.

„Wie geht es dir?", fragte Florian.

„Gut. Und dir?", fragte Oskar besorgt.

„Ach, geht schon. Fipsi hat mich mit einer Klaue erwischt." Florian hob seinen Fuß und zeigte ihm das große Loch in seinem Schuh. Blut und Schmutz hatten eine dicke Kruste gebildet. „Makkat hat sich drum gekümmert. Er meint, dass die Wunde morgen früh schon wieder verheilt ist."

„Gut", sagte Oskar erleichtert. „Hast du den Wüstendrachen Destroyer gerade Fipsi genannt?"

„Ja. Das war eine Idee von Lisbeth. Sie meinte, wenn einem jemand Angst macht, muss man über ihn lachen und ihm einen albernen Namen geben, dann verliert man seine Angst."

„Und? Klappt das?", fragte Oskar.

„Nicht so richtig. Muss jetzt mal aus den Schuhen raus ..." Flo zog sich in seine Ecke zurück.

Oskar grübelte eine Weile über einen weniger gruseligen Namen für Feuersturm nach – Mausi? Schnäuzelbärchen? Hoppelhäschen? – und vertiefte sich dann bis zum Abendbrot wieder ins „Magische Handbuch". Vielleicht fand er ja dort Informationen, die ihm im Kampf gegen Feuersturm nützlich sein konnten.

Und Oskar fand so einiges heraus: Drachen hingen sehr an ihrer Familie (wer nicht?), sie liebten Chili (das war ja mal was ganz Neues), sie waren gut zum Transport von ungeheuerlichen Lasten geeignet (was man von Küchenfeen nicht behaupten konnte), sie waren Blumenfreunde und spielten gerne, aber lausig Mikado. Doch was sollte Oskar damit anfangen?

Während Oskar zusah, wie Naschi die Hälfte des Abendbrots vom Boden wischte, sank sein Mut. Er war so klug als wie zuvor. Seine letzte Hoffnung waren nun Horand und Lissy.

Das Abendessen verlief enttäuschend. Zum einen zwang Naschi ihn dazu, aus gesundheitlichen Gründen volle vier Portionen ihres Badewassers wegzulöffeln. Vor allem aber konnten ihm Horand oder Lissy kein bisschen weiterhelfen:

Die beiden Drachentöter hatten nicht die leiseste Ahnung, wo sich Feuersturm aufhielt, wenn sie nicht gerade in der Arena Oskar verarschte. Nach wie vor hielten sie seinen Plan für reine Zeitverschwendung.

„Du wirst nicht an sie rankommen. Niemals! Vergiss es! Nutz deine Zeit lieber, um Schwertkampf zu erlernen!", ermahnte ihn Lisbeth.

„Warum sollte ich?", fragte Oskar trotzig.

„Um Feuersturm zu besiegen?", fragte Lisbeth und verdrehte die Augen.

„Ich? Feuersturm besiegen? Ha-ha!" Oskar lachte bitter.

„Warum? Du hast eine Chance!", entgegnete Lissy.

„Absolut! Gehört immer auch Glück dazu", ermunterte ihn Horand.

Oskar schnaubte. „Also gut." Er sah die anderen Drachentöter an. „Selbst wenn ich es schaffe, was dann?"

Niemand antwortete. Lissy blickte auf ihren Teller.

Und Oskar verlor die Nerven. Er schlug mit seiner Faust auf den Tisch. „Ganz genau. Dann kommt nämlich der nächste Drache und nach dem kommt der nächste und dann wieder der nächste und so weiter und so weiter. Es wird NIE aufhören, solange ich lebe. Nie!"

Es blieb mucksmäuschenstill. Horand und Lissy sagten nichts. Und damit sagten sie genug. Nur Florian begann leise zu schluchzen.

Oskar schob seinen Suppenteller von sich und stand auf. „Ich muss mich bewegen“, sagte er tonlos. Er warf sich seine Bettdecke über die Schultern und marschierte, ohne ein weiteres Wort zu sagen, in die Minen.

Oskar war enttäuscht und wütend.

Er hatte sich mehr Beistand gewünscht.

Erlerne den Schwertkampf.

Lächerlich.

Als ob er Feuersturm mit einem Schwert besiegen könnte, das er kaum angehoben bekam.

Nein. Vielleicht mochte das ein Leben für Lisbeth und Horand sein und vielleicht sogar für Florian. Aber für ihn war solch ein Leben nichts.

Er musste hier weg.

Er musste wieder nach Hause, wo seine Großeltern auf ihn warteten. Wo seine Tante ihm jeden Tag etwas zum Anziehen rauslegte.

Oskar irrte durch die Minen und kickte wütend Steinchen durch die Gegend, als er eine vertraute Stimme aufschreien hörte.

„Aua!“

Oskar blieb stehen.

„Welcher dämliche Ferg wirft denn hier mit Fteinen?“, fluchte Fluppe aus seinem Loch. Als Oskar zu ihm hinuntersah, rieb sich der Drache seinen Kopf.

„Entschuldigung, war keine Absicht. Tut es sehr weh?", fragte Oskar.

„Geht", sagte der Drache.

„Dann ist ja gut."

„Alfo, ‚gut' ift jetf auch übertrieben", meckerte Fluppe und untersuchte seine schuppige Kralle nach Blutspuren.

„Entschuldige. Ich war in Gedanken."

„Daf war ich auch – bif mir diefer Felfbrocken auf den Kopf gedonnert ift", sagte Fluppe empört und zeigte auf einen kühlschrankgroßen Felsklotz direkt neben ihm.

„Hallo? Das ist doch nicht mein Stein! Meiner war viel kleiner!", verteidigte sich Oskar.

„Waf machft du hier überhaupt fo ganf alleine?", fragte Fluppe und begutachtete Oskar von Kopf bis Fuß. „Du haft keine Fuhe an."

Oskar sah zu seinen nackten, schmutzigen Füßen runter.

„Ich musste mal raus da. Ganz schnell. Die sind mir auf die Nerven gegangen", erklärte er.

„Wer?"

„Alle!"

„Und womit?", fragte Fluppe.

Oskar setzte sich, ließ seine Beine in die Grube baumeln und erzählte dem Drachen alles, was vorgefallen war. Dass er plante, dem Kampf zu entgehen, weil Feuersturm unbesiegbar war. Dass Naschi ihm helfen wollte. Aber dass seine

Freunde seinen Plan für Quatsch hielten und dass scheinbar niemand auf der ganzen verdammten Welt wusste, wo Feuersturm eigentlich lebte.

Fluppe sagte: „Ich weif ef."

„Was weißt du?", fragte Oskar verblüfft.

„Ich weif, wo Feuerfturm lebt", antwortete Fluppe.

Oskar zögerte. Fluppe war ein netter Kerl, aber auch irgendwie schräg und ein kleiner Angeber war er auch. „Und woher weißt du das?"

„Hab fie befucht", sagte Fluppe cool und porkelte sich lässig mit einer seiner messerscharfen Krallen in den Zähnen herum.

„Du hast sie besucht!", sagte Oskar höhnisch. „Du. Feuersturm."

„Fon oft. Logo."

Oskar konnte sich ein Lachen nicht verkneifen. „Und wie kommst du dazu?", fragte er.

„Weil ich fo ein guter Kämpfer bin", behauptete Fluppe und begutachtete seine Muskeln.

„Glaub ich dir nicht!", sagte Oskar, der ja sowohl gegen Fluppe als auch gegen Feuersturm bereits angetreten war. Fluppe war ein super Drache, klar, aber Feuersturm war trotzdem hundert Millionen Mal gefährlicher.

„Ift aber fo!", patzte Fluppe zurück. Er überlegte. „Warte. Ich feige dir waf."

Verwundert beobachtete Oskar, wie Fluppe zu einem großen Haufen Heu marschierte und wild darin herumwühlte. Trockene Halme flogen durch die Gegend.

„Ha! Gefunden!", rief Fluppe triumphierend.

„Was hast du gefunden?" Oskar stand auf und reckte seinen Hals, um besser erkennen zu können, was Fluppe in seinen Krallen hielt.

„Hier! Na? Glaubf du mir jetf?"

Es war ein Foto aus einem Fotoautomaten. Und Oskar fiel fast die Grube hinunter vor Überraschung. Das Bild zeigte eine ziemlich gut gelaunte Feuersturm – und Fluppe!

Eindeutig. In seinen Klauen hielt er links wie rechts einen großen Lutscher, trug einen Windrad-Hut und strahlte über das ganze Gesicht.

„Da war ich mit Feuerfturm auf einem Drachenfeft", erklärte Fluppe.

„Ihr feiert Drachenfeste?", fragte Oskar verblüfft.

„Oh ja", sagte Fluppe. „Wir Drachen lieben Drachenfefte! Aber wir feiern fie nicht nur. Wir bafteln fie vorher."

„Wie? Hä? Was bastelt ihr?"

„Na, Drachen! Auf Papier. Macht ihr Menfen daf nicht? Lafft ihr keine Drachen fteigen und holt fie dann mit euren Feuerftöfen wieder vom Himmel?"

„Ja. Äh. Nein. Doch." Oskar war verwirrt. „Also, wir laffen … Entschuldigung … lassen schon Drachen steigen, aber schießen sie nicht vom Himmel. Wie auch?"

„Und wiefo lafft ihr fie dann überhaupt fteigen? Daf macht doch keinen Finn."

„Wir beobachten sie. Wie sie so rumschweben."

Fluppe sah Oskar lange an.

Sehr lange.

„Hm. Daf klingt aber frecklich langweilig."

Oskar seufzte ungeduldig. „Ist es aber nicht. Es ist schön. Man kann ihnen zusehen und ein wenig träumen."

„Wir können ja mal fufammen Drachen fteigen laffen!", schlug Fluppe aufgeregt vor.

„Au ja! Vorher muss ich aber noch wissen, wo Feuersturm schläft!“

„Fie hat ein eigenef Fimmer neben dem Flafgemach der Königin.“

Oskars Herz pochte wie wild. „Und wo hat die Königin ihr Schlafgemach?“

„Im Nordturm. Ganf oben.“

„Im Nordturm. Ganz oben.“ Oskar wiederholte alles, was Fluppe sagte, um ja nichts zu vergessen. „Und wie komme ich da rein?“, fragte er weiter.

Fluppe zuckte mit den Achseln. „Daf weif ich nicht. Mir werden immer die Augen verbunden, damit ich nikf fehe.“

„Und dann gehst du einfach durchs Tor?“

„Weif ich nicht.“

„Oder fliegst du hoch?“

„Weif ich nicht.“

„Durch die Minen?“

„Keine Ahnung.“

„Mann, du musst dich doch an irgendwas erinnern!“, fauchte Oskar ihn an, lauter als beabsichtigt.

Fluppe zuckte zurück. Beleidigt verschränkte er seine Arme vor der Brust, hob sein Kinn und wendete seinen Blick von Oskar ab. „Tu ich auch.“

„An was? An was erinnerst du dich?“ Oskar zitterte vor Anspannung am ganzen Körper.

„Ich erinnere mich an … warte … an … Frikadellen!“

„Was?“ Oskar sackte innerlich zusammen.

„Ef gab Frikadellen fu effen. Riefenteile.“ Fluppe rieb sich träumerisch seinen Bauch und leckte seine Lippen.

Es war zum Verzweifeln.

„Der Drache der Königin bekommt eindeutig befferef Futter alf ich“, nölte Fluppe und schob noch ein „Fkandal!“ hinterher.

Oskar dachte fieberhaft nach. Er hatte scharfes Chili und wusste, wo der Drache lebte. Immerhin. Sein Plan machte Fortschritte. Nur wie sollte er ins Schloss kommen?

Plötzlich ertönte eine Stimme: „Du willst ins Schloss? Da kann ich dir weiterhelfen.“

Ein geheimer Plan

Oskar wirbelte herum. Naschi stand direkt hinter ihm. Sie war wieder als Krankenfee unterwegs und hielt drohend das Thermometer in der Hand.

„Kannst du Gedanken lesen?“, fragte Oskar völlig verdutzt.

„Ne. Bin schon länger da“, sagte die Fee. „Und, willst du nun ins Schloss oder nicht?“

„Natürlich!“, rief Oskar. „Woher w…?“

„Ich habe früher als Küchenfee im Nordturm gearbeitet“, unterbrach ihn Naschi. „Bis man mich rausgeschmissen hat.“ Sie schnaufte verächtlich. „Weil ich angeblich zu ungeschickt bin!“

Oskar war fassungslos. „Aber warum hast du mir das nicht schon früher gesagt?“

„Du hast nicht gefragt“, antwortete Naschi. „Fragt man mich nichts, denk ich mir nichts“, behauptete sie stolz und erntete ein bewunderndes Kopfnicken von Fluppe.

„Aber ich hab doch … Ach egal. – Wie? Komme? Ich? In?

Den? Nordturm?", bemühte sich Oskar möglichst unmissverständlich zu fragen.

„Durch die Minen. Von Fluppes Grube aus", sagte die Fee.

„Echt? Bist du dir sicher?" Oskar begutachtete Fluppes Grube. Auch Fluppe sah sich neugierig um. Keine Mine weit und breit.

„Der Zugang ist unter dem Stroh", erklärte Naschi. „Ich zeig's dir." Sie flog hinunter in die Grube und schob das Stroh bei Fluppes Schlafplatz beiseite. Eine große Holzklappe wurde sichtbar. Groß wie eine Flügeltür in einem Schloss.

„Uiii!" Fluppes Augen leuchteten auf. Und die von Oskar noch mehr.

„Dieser Zugang wird schon seit Jahren nicht mehr genutzt", erklärte Naschi. „Der ist noch aus der Zeit, bevor es Wand-Zauber gab. Damals konnte man nicht wie heute von Raum zu Raum springen, man musste noch zu Fuß gehen oder fliegen."

„Verstehe." Oskar nickte aufgeregt.

„Ich kann dir einen Plan vom Nordturm zeichnen", schlug die Fee vor.

„Oh ja, bitte!", jubelte Oskar begeistert. „Das wäre …"

Im nächsten Moment hatte er das Quietscheentchen zwischen den Zähnen.

„Aber jetzt ab ins Bett", sagte die Küchenfee, „du musst dich noch schonen!"

Oskar hatte heftig protestiert, aber gegen eine Fee wie Naschi kam man einfach nicht an.

„96 Grad Fieber sind kein Zuckerschlecken!", hatte Naschi ausgerufen, nachdem sie das Badewannen-Thermometer überprüft hatte.

Also wartete er brav im Bett, bis Naschi sich in die Küche zurückgezogen hatte. Dann stand er auf.

Und nun?

Die anderen Drachentöter gaben ihren Drachen Abendbrot und misteten die Ställe aus.

Oskar war allein. Sein Blick schweifte durch den blitzblank geputzten Raum. Er war schon so lange hier, aber noch nie auf die Idee gekommen, mal ein bisschen herumzustöbern.

Höchste Zeit. Vielleicht fiel ihm ja etwas in die Hände, das ihm nützlich sein konnte, ein Zaubertrank, der Drachen in kleine Häschen verwandelte oder so …

In den zwei großen Schränken fand er nichts Spannendes. Sie waren mit Bettwäsche, Decken und Handtüchern vollgestopft. In den Regalen standen eine Menge alter Bücher, in Leder oder Leinen gebunden und in einer Sprache verfasst, die Oskar nicht kannte.

Er blätterte ein Weilchen in ihnen herum und suchte vergeblich nach Illustrationen oder Fotos. Dann zog er die Schubladen auf. Wühlte sich durch Notizblöcke, zerfledderte Kartenspiele, Stifte und sonstigen Krimskrams. Er wollte die Schublade schon wieder schließen, als eine kleine Kugel, so groß wie eine Murmel, hervorkullerte.

Oskar nahm die Kugel heraus. Sie schimmerte schlohweiß wie Schnee und fühlte sich kalt an, als hätte sie im Kühlschrank gelegen. Sie war für ihre Größe ungewöhnlich schwer. Er ließ sie ein paarmal auf seiner Handfläche im Kreis rollen und wollte sie gerade wieder zurücklegen, als sie sich mit einem Mal erwärmte. Auch die Farbe änderte sich von Weiß zu Blau. Im selben Moment flog Naschi durch die Küchentür.

Hastig drehte sich Oskar um, steckte die Murmel ein und stieß mit seinem Hintern die Schublade zu, als Naschi auch schon losschimpfte.

„Was machst du da? Du sollst liegen bleiben!“ Sie stemmte die Arme in die Seite. „Ab ins Bett, aber sofort! Den Plan kriegst du erst, wenn du im Bett liegst!“

„Ist ja gut“, knötterte Oskar und krabbelte gehorsam unter die Decke.

Die Fee schüttelte streng den Kopf. „Hier!“, sagte sie und fummelte einen Zettel aus ihrer Schürze. „Aber im Bett bleiben! Verstanden?“

„Ja.“

So blieb Oskar nichts anderes übrig, als im kuscheligen Bett zu liegen, Kakao zu trinken, Kekse zu mümmeln und den überraschend detaillierten Plan zu studieren. Da gab es Schlimmeres.

Auf der Zeichnung war ein Turm abgebildet, daneben standen mit zarter Schrift Notizen.

„Erdgeschoss. Zwei Wachen. Treppenhaus vierte Tür links …“, murmelte Oskar halblaut.

Er strengte seine Augen an, um das winzige Gekritzel zu entziffern. Er war überrascht, wie genau Naschis Skizze war. Anscheinend war alles Wichtige drauf: hier das Treppenhaus, dort der Aufzug, der laut Plan nicht von Elektrizität oder Magie angetrieben wurde, sondern von Trollen. Die bewegten die Fahrkabine über eine Seilwinde vom Keller aus. Gesteuert wurden die Trolle über ein Sprachrohr, durch das man ihnen Anweisungen aus der Fahrkabine zubrüllen konnte.

Es gab unzählige Wachen und andere Hindernisse. Falltüren zum Beispiel und vergitterte Türen. Laut der Skizze schlief die Königin im 40. Stock. Und direkt neben ihr, in einem eigenen Zimmer, war Feuersturm!

„Tolle Zeichnung“, lobte Oskar die Küchenfee, die ihm über die Schulter guckte. Die wirbelte stolz im Kreis und nickte.

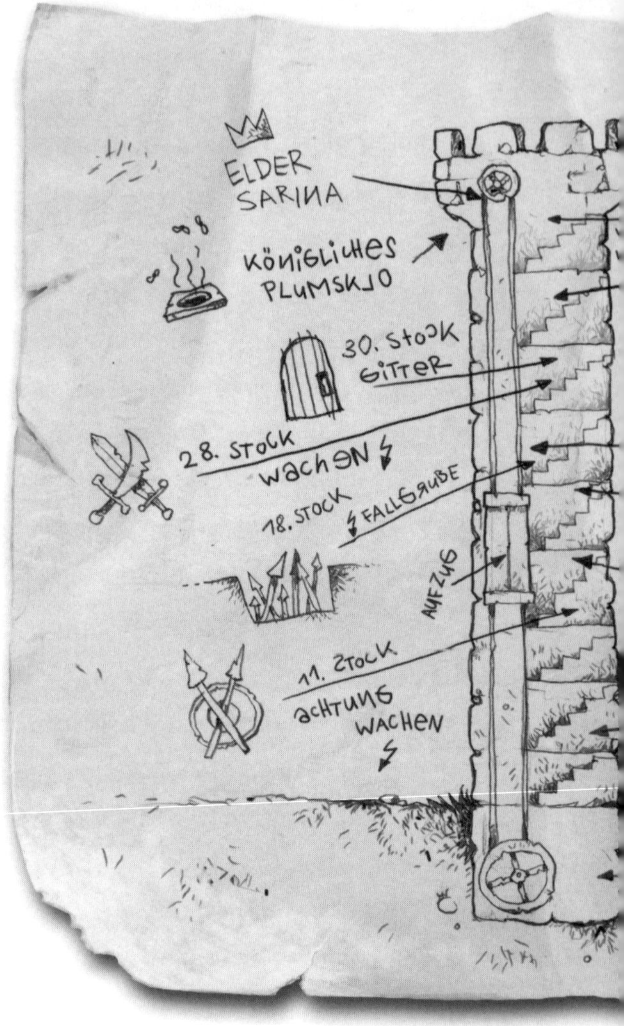

„Du musst auf alle Fälle den Fahrstuhl nehmen und das Treppenhaus meiden“, riet sie ihm. Sie deutete hektisch kreuz und quer auf dem Zettel herum. „Da sind zu viele Wachen, die werden dich entdecken.“

„Okay.“ Das war sowieso Oskars Plan gewesen. Er hatte keine Lust, den schweren Topf 40 Stockwerke hochzuschleppen. „Und wie komme ich an den Trollen vorbei, die den Fahrstuhl bedienen?“

Naschi fasste sich ans Kinn und dachte nach. „Am besten lebend“, antwortete sie schließlich.

Das sollte wohl ein Witz sein. Hoffte Oskar zumindest. Er grübelte vor sich hin: „Am besten, ich trickse sie aus. Sonderlich schlau sind Trolle ja nicht, oder?“

Die Fee lachte laut auf. „Nein. Ganz und gar nicht. Sie sind wirklich so blöd wie … wie …“ Naschi liefen vor Lachen die Tränen über die Wangen.

„Wie was?“, fragte Oskar.

„Hihihihoho … wie … wie … Menschen!“, rief sie und kringelte sich vor Lachen.

„Danke schön“, sagte Oskar bitter, während die Fee grölend auf dem Tisch herumkugelte wie ein Brummkreisel. Sehr witzig. Oskar wusste nicht, wie klug Trolle im Vergleich zu Menschen waren – aber er wusste, dass sie deutlich mehr Kraft hatten. Vielleicht sollte er doch lieber das Treppenhaus nehmen?

„Sind die Wachen gefährlich?“

„Natürlich“, sagte die Fee und schnäuzte sich lautstark die Nase. „Das sind fast alles fiese Typen. Ehemalige Verbrecher und so.“

„Das habe ich mir gedacht. Aber trotzdem …“, fing Oskar an.

Die Fee erhob sich in die Luft. „Fahrstuhl nehmen!“, befahl sie leicht genervt und flog zum Fenster raus.

Oskar zog sich die Decke über den Kopf und stellte sich schlafend, als die anderen zurückkamen. Sie würden seinen Plan ablehnen. Und ihre Bedenken und Zweifel und die traurigen Blicke konnte er jetzt wirklich nicht brauchen.

Naschis Zeichnung hielt er fest in den Händen. Je länger sich Oskar das Hirn zermarterte, desto mehr kristallisierte sich ein Problem heraus, für das er partout keine Lösung fand. Einerseits musste er die Trolle austricksen, damit diese ihn nicht zu Klump kloppten. Andererseits brauchte er sie ja auch – denn er brauchte einen funktionierenden Fahrstuhl. Sie irgendwie k. o. zu hauen oder mit einem Trick zu überwältigen war also keine Lösung …

Fast unhörbar seufzte Oskar in sein Kopfkissen. „Was soll ich nur tun?“

Der Schwur

Als Oskar am nächsten Morgen wach wurde, saßen die anderen bereits beim Frühstück. Verschlafen schlurfte er auf seinen Platz.

„Tee?“, fragte Horand mit weicher Stimme.

„Klar“, gähnte Oskar und hielt ihm die Tasse hin.

„Brötchen?“, flötete Lissy mit dem Brotkorb in der Hand.

„Gerne“, sagte Oskar und nahm eines aus dem Korb.

„Soll ich es dir aufschneiden?“, fragte Florian.

„Danke, das kann ich selber“, wunderte sich Oskar, brach das Brötchen auf und tunkte es in Marmelade.

„Schmeckt es?“, fragte Lissy und lächelte Oskar an.

„Ja. Klar.“

Was war denn hier los? Oskar sah von einem Drachentöter zum anderen. Alle grinsten ihn glubschäugig an, als hätte er einen Dachschaden oder wäre ein frisch geborenes Baby, dessen Eltern nach Bewunderung für ihr Meisterstück verlangten.

Oskar legte das Brötchen auf seinen Teller. „Okay. Was ist los mit euch?"

„Wir wissen, was du vorhast", platzte Florian heraus. Horand und Lissy sahen ihn mit unbewegter Miene an.

„Was? Wie? Woher?", fragte Oskar erschrocken. Hatte er im Schlaf geredet?

„Von mir!", rief Naschi.

Oskar sah nach oben zur Decke. Naschi saß neben ihrer Eule im Gebälk. Sie schnappte sich gerade einen Fuß von Flattermann, platzierte ihn auf ihrem Schoß und schnitt ihm die Krallen. Da Flattermann panisch auf Scheren reagierte, hatte ihm Naschi eine Augenbinde verpasst.

Oskar spürte einen Stich in seinem Herzen. „Aber warum?", fragte er fassungslos. Nun war alles vorbei. Naschi hatte ihn verraten. Und jetzt würden sie auf ihn einreden, wie dämlich sein Plan war und wie er nie, niemals …

„Wir kommen mit, Honigbärchen! Wir lassen dich nicht im Stich!", brummte Horand.

Oskar sah verblüfft auf.

„Wir stehen dir bei", sagte Lissy und drückte seinen Arm.

„Fluppe macht auch mit!", rief Florian.

„Er wird für Feuersturm am Kampftag einspringen …", sagte Lisbeth.

„… und sich von dir besiegen lassen!", fuhr Florian aufgeregt dazwischen.

„Ihr wollt mir alle helfen?“, fragte Oskar völlig überrascht.

„Natürlich. Dieser Wahnsinn muss endlich ein Ende finden!“ Lissy schlug mit ihrer Faust auf den Tisch.

„Wir sind an deiner Seite und weichen nicht einen Zentimeter. Das schwöre ich“, grinste Horand grimmig und ließ die Muskeln auf und ab hüpfen.

„Ich … ich … danke euch. Euch allen. Sehr sogar“, stammelte Oskar und ihm wurde ganz warm im Bauch. „Aber … ich muss so unauffällig wie möglich in den Nordturm eindringen. Niemand darf mich bemerken. Und wenn wir da mit der ganzen Mannschaft reinplatzen, dann …“

„Schon klar“, sagte Lissy. „Horand, Fluppe, Naschi und Flo kommen nur bis zu den Trollen mit. Die Biester schaffst du alleine nicht. Und einer muss ja den Fahrstuhl bedienen.“

„Nämlich ich!“ Horand nickte zuversichtlich.

Oskar war verwirrt. „Den Fahrstuhl? Woher wisst ihr das alles?“

„Na, von mir! Ich habe dich nicht nur verpetzt, sondern gleich noch einen zweiten Plan gezeichnet!“, rief die Fee stolz und kam zu ihnen heruntergeflogen.

„Und nach den Trollen gehen wir beide dann zu zweit weiter“, fuhr Lissy fort und grinste.

„Das … das … das ist wirklich eine … eine … absolute Spitzenidee!“, rief Oskar freudig und hibbelte auf seinem Stuhl herum. Die supergeschickte und gefährliche Lissy an seiner Seite zu wissen war die beste Nachricht, die Oskar sich vorstellen konnte. Er hatte nun eine echte Chance, dass sein Plan aufging!

Lissy packte Oskar, der wie ein Honigkuchenpferd in die Runde grinste, am Arm.

„Hör zu! Die Zeit läuft uns davon. Morgen schon ist der große Kampf. Und das bedeutet, wir müssen heute losschlagen, gleich nach dem Training. Heute am späten Nachmittag findet im großen Schlosssaal ein Bankett statt, wie immer vor den Drachenkämpfen. Auch Feuersturm wird anwesend sein. Und mit ihr ihre Wachen. Das heißt, wir haben in den Schlafgemächern freie Bahn. Das müssen wir ausnutzen und nach dem Training so schnell wie möglich loslegen.“

„Verstanden.“ Oskar nickte.

„Ich warte mit dem Chili bei Fluppe auf euch“, sagte Naschi. Sie kicherte. „Und dann machen wir dem Drachen Feuer unter dem Hintern.“

Oskar sah mit glänzenden Augen vom einen zum anderen. „Also gut. So machen wir es. Es wird Zeit für eine Heldentat!“, rief Oskar und hob seine Teetasse.

„Es ist beschlossen!“, knurrte Horand. „Wir werden in den Nordturm eindringen!“

„In den Nordturm!“, riefen alle gemeinsam und stießen mit scheppernden Tassen und Bechern auf ihr bevorstehendes Abenteuer an.

In den Minen

Das Training lief überraschend gut. Zumindest für Horand und Lissy. Zwar waren die Drachen mehr als doppelt so groß wie noch vor zwei Tagen – im Kampf hatten sie trotzdem nicht die geringste Chance.

Lissy war einfach viel zu schnell für ihren eher plumpen Moordrachen. Immer wieder sauste sie durch seine Beine und versetzte ihm schmerzhafte Hiebe mit dem Holzschwert. Für Lissy schien der Kampf ein Kinderspiel zu sein. Oskar bewunderte ihre Schnelligkeit, ihren Mut und ihre Eleganz.

Horand war da anders. Aber kein bisschen weniger beeindruckend. Er stellte sich, seine Axt fest in den Händen, breitbeinig in die Mitte der Arena und ließ den Drachen kommen. Und der kam. Immer und immer wieder flog Abendfeuer, der norwegische Walfresser, neue Angriffe. Und jeden einzelnen wehrte Horand ab, als wäre das eine seiner leichtesten Übungen.

Florian hingegen tat sich deutlich schwerer. Ihm fehlte ein Mittel, den Drachen zu besiegen. Er war zu schwach für ein großes Schwert und zu langsam, um ein kleineres zu benutzen. Zwar war er flink und wendig, aber trotzdem kam er einfach nicht nah genug an den Wüstendrachen heran, um ihm ein paar Hiebe zu versetzen.

Oskar war als Letzter an der Reihe.

Und er war nicht konzentriert. Null Komma null konzentriert. In Gedanken kämpfte er mit Aufzug-Trollen und schlich durch den königlichen Nordturm, während ihn Feuersturm aussehen ließ wie den letzten Vollidioten. Dabei kämpfte der Drache noch nicht mal richtig. Zweimal schon hatte Oskar seine Hose verloren, weil Feuersturm seinen Gürtel durchtrennte, und in der dritten Runde stellte der Drache ihm ein Bein.

Der anschließende Sturz vom Felsen war ziemlich schmerzhaft. Oskar kippte nach hinten und löste eine Steinlawine aus.

Als er auf dem Boden aufschlug, bebte die Erde. Und sie bebte noch, als ihn Makkat, Horand und die anderen längst aus dem Geröll frei geschaufelt hatten. Auf Anweisung von Makkat brachen sie das Training ab und brachten Oskar wieder zurück ins Drachentöterhaus. Naschi sollte sich seine Verletzungen ansehen und sicherstellen, dass er am nächsten Tag kerngesund von Feuersturm getötet werden konnte.

Oskar stützte sich auf Florians und Lisbeths Schultern und humpelte aus der Arena.

„Wir sehen uns morgen!", rief ihm Feuersturm überheblich nach. „Vergiss deine Unterhose nicht!"

Oskar sparte sich jeden Kommentar. Es gab Wichtigeres. Erst als sie außer Hörweite waren, brach Florian das Schweigen. „Wie geht es dir?", fragte er besorgt.

„Alles prima", sagte Oskar und hastete weiter in Richtung Drachengrube. „Nur ein paar blaue Flecken. Macht euch keine Sorgen. Komm, legen wir los!"

„Hallo fufammen!", rief ihnen Fluppe entgegen. Er hatte sich als Kriegsbemalung mit verkohlten Holzstöcken dicke schwarze Striche unter die Augen gemalt. „Fieht gefährlich auf, oder?" Tat es nicht. Fluppe sah nur total müde aus. So als sollte er sich dringend mal eine Mütze voll Schlaf gönnen.

„Ist Naschi schon da?", fragte Oskar zurück.

„Natürlich! Mit dem schärfsten Chili aller Zeiten!", schrillte ihre Stimme aus der Grube.

„Und jetzt? Wie gehen wir vor?", fragte Florian und rieb sich seine Hände.

„Wir halten uns an den Plan!", grummelte Horand. „Was sonst?"

„Genau. Alles läuft nach Plan", sagte Oskar und sah zu, wie ihm schon wieder die Hose herunterrutschte, deren Gürtel Feuersturm durchtrennt hatte.

„Hier." Lissy reichte ihm ein Stück Strick.

„Danke dir!" Dankbar knotete Oskar die Hose fest und kletterte in Fluppes Grube.

„Herflich willkommen in meinem Fuhaufe!", begrüßte ihn Fluppe, weil es sich so gehörte.

Der Drache hatte bereits vorgearbeitet. Das Stroh hatte er beiseitegeräumt und die Luke geöffnet. Vor der Treppe, die zur Mine führte, steckten zwei riesige brennende Fackeln im Boden. Horand riss sie aus der Erde und gab eine an Lisbeth.

„Dann mal los!", befahl Oskar und sie stiegen die moosbewachsene, rutschige Treppe hinab in die Mine.

Lisbeth ging mit der gewaltigen Fackel voran. Oskar blieb unmittelbar hinter ihr, mit Naschis Zeichnung in der Hand. Dann folgten Naschi, Fluppe und Florian. Am Ende ihres Zuges stapfte Horand als Absicherung hinterher.

Die alte Mine war alles andere als gemütlich. Es war eiskalt. Die Wände waren grob behauen und an keiner Stelle geglättet worden. Gewaltige Felsvorsprünge ließen im Schein der Fackeln Schattenmonster über die Wände huschen. Immer wieder passierten sie kleine Höhlen und tiefe Krater, die weit ins Erdinnere reichten und nur auf ein Opfer warteten, das einen falschen Schritt trat. Gruselige Geräusche ertönten von irgendwoher und hallten durch die Mine.

Keiner sagte etwas.

Sie kletterten über Felsbrocken, übersprangen knietiefe Bäche und dann, nachdem sie laut Plan bereits weit über die Hälfte des Weges zurückgelegt hatten – war die Mine am Ende. Felsbrocken und rutschiges Geröll versperrten ihnen den Weg.

„Was ist das denn jetzt? Das kann doch nicht sein! Sind wir in der falschen Mine oder was?", fragte Oskar eher sich selbst als die anderen. Hektisch kontrollierte er Naschis Plan. Immer wieder fuhr er mit seinem Finger den Weg nach.

Waren sie falsch gelaufen? Hätten sie in einer der kleinen Höhlen abbiegen müssen?

„Eingestürzt. Gestern war der Weg noch frei", sagte Naschi, stellte den Topf ab und flatterte bis zur Decke hoch. „Oh, oh! Das sieht nicht gut aus! Wir müssen graben!", rief sie.

„Ist bestimmt vorhin während des Trainings passiert", mutmaßte Lisbeth. „Als du verschüttet wurdest. Weißt du noch?"

Natürlich wusste das Oskar noch. Er war zwar von einem Felsen gestürzt und von einer Geröllawine beerdigt worden, aber auf den Kopf gefallen war er trotz allem nicht.

Oskar steckte Naschis Skizze ein. Vorsichtig kletterte er den glitschigen Steinhaufen hoch, bis er nicht mehr weiterkam.

„Hier sind eher kleine Steine", rief er. „Und locker sind sie auch!" Hastig begann er, Stein für Stein beiseitezuräumen.

„Warte!“ Lisbeth gab Horand ihre Fackel und folgte Oskar blitzschnell und nahezu geräuschlos. „Ich helfe dir!“

Horand versuchte, Florian die Fackeln in die Hand zu drücken. Der lehnte dankend ab.

„Nimm“, forderte ihn Horand auf.

„Lieber nicht.“ Florian machte einen Schritt zurück.

„Nimm.“

„Ich … äh … hab die Hände lieber zum Kampf frei.“

„Nimm!“

„Also, ich kann keine tragen“, mischte sich Fluppe ein. „Meine Arme find zu kurf. Ich verbrenne mir die Nafe.“

„Und ich habe den Topf“, ergänzte Naschi.

„Ich könnte doch graben helfen?“, schlug Florian zaghaft vor.

„Jetzt nimm schon, verdammt noch mal!“, donnerte Horand so laut, dass der Gesteinshaufen, auf dem Oskar und Lisbeth kletterten, erbebte. „Und leuchte uns!“

„Na gut.“ Widerwillig nahm Florian die beiden wild lodernden Fackeln und hielt sie so weit wie möglich von seinem Gesicht fern. Währenddessen erklomm Horand mit Mühe den Steinhaufen. Er war kein guter Kletterer, so viel war klar. Jeder Schritt des massigen Haudegens löste eine kleine Steinlawine aus und der alte Drachentöter rutschte wieder ein gutes Stück abwärts.

Dank Horands Hilfe wurde der Durchgang schnell größer.

Stück für Stück arbeiteten sie sich voran. Behutsam, um keinen erneuten Einsturz zu provozieren, schaufelten sie erst kleine Steine beiseite, legten dann größere hinter sich und rollten riesige den Haufen hinunter. Immer wieder brachen sie ab, sahen ängstlich zur Decke und lauschten. Die Erde über ihnen war noch immer in Bewegung. Steine lösten sich und prasselten auf ihre Köpfe. Wie Maulwürfe gruben sie sich vorwärts und der kalte Fels schnitt in ihre Haut.

Oskars Hände schmerzten so sehr, dass er seine Hosentaschen nach etwas abklopfte, das ihm beim Schaufeln half, nach einem Stift vielleicht, mit dem er größere Steine lockern konnte. Aber das Einzige, was er fand, war die Murmel aus der Schublade. Die hatte er ja ganz vergessen! Sie leuchtete blau, und auch wenn er mit ihr nicht graben konnte, wärmte sie zumindest für einen kurzen Moment seine gefrorenen Finger.

Obwohl sie bis zum Hals im Geröll steckten, kamen sie nur langsam voran. Zentimeter für Zentimeter gruben sie einen höhlenartigen Weg durch die Steine. Viele der Brocken waren so mächtig und schwer, dass selbst Horand sie nicht bewegen konnte. Es blieb ihnen dann nichts anderes übrig, als sich in großem Bogen um die Brocken herumzuschaufeln.

Oskar verlor jedes Zeitgefühl. Wie lange schufteten sie schon? Brannte draußen noch die Sonne vom Himmel oder fielen schon die ersten Schneeflocken?

Irgendwann war es Oskar auch egal.

Graben. Graben und graben. Wie ein Roboter. Was anderes gab es nicht mehr.

Und dann, auf einmal, strich ein sachter Lufthauch über seine Haut.

Oskar hielt die Luft an. Und blinzelte.

Sie hatten es geschafft!

„Ich bin durch! Ich bin durch!“, schrie er. „Hier! Helft mir!“

Zu dritt machten sie sich daran, das gerade mal fingernagelgroße Loch zur anderen Seite zu vergrößern. Dann war Schluss. Wie sehr sie sich auch bemühten – größer als eine Hundeklappe wurde das Loch nicht.

„Was nun? Da passe nicht mal ich durch. Geschweige denn Horand oder Fluppe!“, sagte Lisbeth.

„Willft du etwa andeuten, daff ich fett bin?“, rief Fluppe lauernd vom Fuße des Geröllhaufens.

„Nein. Das Loch ist winzig.“

„Dann ift ja gut!“, beruhigte sich Fluppe.

„Also, ich kann mich da durchquetschen“, sagte Oskar und zog seinen Kopf wieder zurück, den er testweise ins Loch gesteckt hatte.

„Willst du etwa andeuten, dass ich fett b …?“, fuhr Lisbeth ihn an, biss sich aber auf die Zunge.

„Na, dann passe ich auch durch!“, rief Florian von unten.

„Und ich auch!“, jubelte Naschi. „Und der Topf auch!“

„Dann müsst ihr zu dritt weiter. Anders geht es nicht“, sagte Lisbeth, die über die Lösung alles andere als glücklich war. Sie sah besorgt aus.

Horand ebenfalls. „Das ist wahnsinn“, knurrte er. „Bei allem Respekt, aber wie sollen diese drei Wichte die Trolle überwältigen und den Fahrstuhl bedienen?“

Auf diese Frage wusste niemand eine Antwort.

Nicht mal Naschi. Und die wusste ja grundsätzlich zu allem was zu sagen.

„Aber was sonst?“, fragte Oskar. „Bleibe ich hier, werde ich morgen gegrillt. Ich muss da durch und es wenigstens versuchen.“

„*Wir* müssen da durch und es wenigstens versuchen“, korrigierte ihn Florian, der längst zu ihnen hochgeklettert war.

„Ich sehe auch keine andere Möglichkeit“, sagte Lisbeth.

Schließlich nickte Horand. „Also los“, seufzte der alte Drachentöter.

Oskar robbte als Erster durch das Loch, dann folgten Florian und Naschi. Als sie auf der anderen Seite waren, reichte ihnen Horand die Fackeln und den Topf. „Viel Glück! Wir warten hier auf euch.“

Oskar versuchte, tapfer und entschlossen zu wirken.

„Es kann nicht mehr weit sein. Denkt dran: Trolle sind einfältige Idioten, aber bärenstark! Versucht, sie auszutricksen!“, riet ihnen Lisbeth.

Florian und Oskar rutschten den Haufen mehr hinunter, als dass sie liefen, während Naschi über ihnen mit dem schweren Topf herumtrudelte.

Lisbeth hatte Recht gehabt.

Es war nicht mehr weit. Schon hinter der nächsten großen Kurve sahen sie ein Licht am Ende des Tunnels, einen schwachen Schein, wie ein entferntes Lagerfeuer, das durch Bäume schimmert.

Oskars Hose wurde warm. Erschrocken überprüfte er seine Hose und atmete erleichtert aus. Nein, er hatte sich nicht eingenässt – vielmehr war die Murmel in seiner Hosentasche heiß geworden. So heiß, dass Oskar sie kaum in der Hand halten konnte, ohne eine Brandblase zu bekommen. Sie leuchtete in einem grellen Rot und mit einem Mal begriff Oskar, was los war: Sie waren in der Nähe der Trolle. Und die Kugel wies ihn darauf hin.

Oskar steckte die Murmel gerade wieder ein – als plötzlich Peitschenhiebe durch die Mine knallten, gefolgt von gellenden, ohrenbetäubenden Schreien.

„Was ist das?" Flo sah ihn ängstlich an. Er zitterte am ganzen Körper.

Lautlos formte Oskar mit den Lippen ein Wort: Trolle!

Dann löschte er die Fackeln.

Er konnte die Hitze der Kugel spüren. Sie mussten ganz nah sein.

Vorsichtig tasteten sie sich weiter an der Wand entlang, während das schreckliche Geschrei weiterging. Und auf einen Schlag wurde es still. Mucksmäuschenstill.

„Pssst!" Oskar legte seinen Zeigefinger auf die Lippen.

Florian verharrte und wagte nicht, zu atmen. Naschi landete sicherheitshalber neben Oskar. Der schlich weiter und lugte um die Ecke.

Sie waren da.

Zwei Trolle in zerrissenen Hosen, ein dicker und ein sehr haariger, standen vor dem Aufzugschacht an einer Seilwinde, die durch dicke Taue mit der Fahrstuhlkabine verbunden war. An der Seilwinde waren zwei Baumstämme befestigt. Jeder der beiden Trolle hatte seine Hände auf einen davon gelegt und schob ihn keuchend vor sich her. Schweiß lief über ihre angespannten Muskelberge. Ihre tumben Gesichter waren gerötet. Ihre Münder schnappten nach Luft und kleine Bäche aus Spucke rannen ihnen die Mundwinkel hinab.

Das Seil um die Spule wickelte sich ab. Der Fahrstuhl fuhr also nach unten. Oskar reckte sich noch weiter um die Ecke, um den restlichen Raum auszuspähen. Er entdeckte einen dritten Troll. Einen gewaltigen Troll. Dieser Troll war weit kolossaler als die beiden anderen und sogar einen Kopf größer als Brock. Er trug eine Peitsche in seinen Händen und schien beleidigt zu sein.

„Jetzt will ich auch mal ausgepeitscht werden!", krächzte er. Seine Stimme erinnerte Oskar an Opas altes klappriges Moped. Das hatte einen kaputten Auspuff und einen zweifelhaften Motor, der jedes Mal, wenn man Gas gab, knallte, zischte und pfiff, als würde er gleich explodieren …

„Noch bist du nicht dran", behauptete der dicke Troll grunzend wie eine Wildsau. „Jetzt peitsch uns aus!"

„Nein." Der dritte Troll blieb stur. „Das ist gemein! Immer muss ich peitschen. Ihr peitscht nie. Dabei tut das so gut!"

„Peitsch jetzt!", grölte der haarige Troll ungeduldig.

„Nö."

Florian und Naschi drängten sich neben Oskar. Florian sah besorgt aus, Naschi ganz locker.

„Was machen wir? Vorbeihuschen?", fragte sie.

Oskar schüttelte den Kopf. Das schien ihm nicht ratsam zu sein. Der Raum war eher klein und die Trolle eher groß. Es war unmöglich, unbemerkt an ihnen vorbeizuhuschen.

„Überwältigen?", fragte Naschi.

Oskar musste sich ein Lachen verkneifen und schüttelte den Kopf. Überwältigen? Solche riesigen Trolle? Ausgeschlossen. Außerdem mussten die Trolle den Fahrstuhl bewegen. Gerade kam die Kabine wieder im Keller an.

„Was dann? Abbrechen? Wieder abhauen?", fragte Florian und sah sehnsüchtig zurück in die Mine.

„Nein", flüsterte Oskar. „Ich habe eine bessere Idee."

Er streckte den Rücken durch, klopfte sich, so gut es ging, den Dreck von seiner Kleidung, richtete die Überreste seiner Frisur, stopfte sich das T-Shirt in die Hose, setzte sein süßestes Lächeln auf und marschierte mit einem fröhlichen „Guten Tag zusammen!" geradewegs an den Trollen vorbei in den Fahrstuhl.

„Guten Tag!", brummte der riesige Troll mit der Peitsche verblüfft.

„Einmal 40. Stock, bitte."

„Sofort!", brummte der Troll und hob seine Peitsche.

„Danke. Einen Moment noch!", sagte Oskar und winkte seine Freunde zu sich.

Naschi flatterte wortlos an den Trollen vorbei, während Florian mit einem kläglichen „Hallöchen!" in die Kabine huschte und sich hinter Oskars Rücken versteckte.

„Wir können! 40. Stock, bitte!", flötete Oskar lächelnd, während Naschi den Topf voll Chili abstellte.

Nichts geschah.

Der Troll hob erneut seine Peitsche und verharrte so. Er kratzte sich am Kinn und versuchte, das komische Gefühl, das sich in ihm ausbreitete, zu verstehen.

Hier stimmt was nicht, dachte er. Aber was? Er kam nicht drauf. Einer seiner Kollegen schon.

„Eiiiiindriiiinglingeeeeeeeeeeeeeee!", grölte der Haarige so laut, dass die Wände zitterten.

Florian wurde kreidebleich. Oskar erstarrte. Nur Naschi blieb cool. Die hatte aber auch nichts zu befürchten.

Während die Trolle zu ihren Keulen polterten, die an der Wand lehnten, schwirrte sie zum Troll mit der Peitsche und schlug ihm mit der Faust auf den Kopf. Was dieser noch nicht mal zu merken schien. Er griff sich eine Keule, die mit rostigen Nägeln beschlagen war, und reckte sie wie eine Trophäe johlend in die Höhe.

„Zermatschen!“

„Zerkloppen!“

„Zerhauen!“

Die Trolle brüllten durcheinander, während sie wild entschlossen zum Fahrstuhl wankten. Oskar und Florian wichen zurück in die hinterste Ecke der Kabine. Die Trolle kamen näher, bauten sich vor ihnen auf, holten zum Schlag aus – und Oskar rief: „Jetzt!“

Zusammen mit Flo flitzte er aus der Kabine und durch die Beine der keulenschwingenden Trolle hindurch. Die Keulen sausten nieder und zertrümmerten den Fahrstuhl genau da, wo gerade noch die beiden Drachentöter gekauert hatten.

Die Trolle glotzten in den leeren Fahrstuhl und überprüften ihre Keulen, ob vielleicht Oskar oder Florian daran kleben geblieben waren.

Nichts.

„Hinter uns!", grölte der dicke Troll und die anderen beiden machten kehrt und stürzten auf Oskar und Florian zu. Die flohen zur Seilwinde und gingen hinter ihr in Deckung. Die Trolle gaben nicht auf. Wie auf einer Carrerabahn jagten die Trolle Oskar und Florian im Kreis um die Seilwinde. Unter der Decke flatterte die Fee und zählte die Runden mit.

„54. 55. 56. 57 …"

Die Trolle waren gut in Form. Sehr gut sogar. Während Florian und Oskar keuchten und stöhnten, schien ihnen die Rennerei nichts auszumachen.

Oskar jedoch bekam langsam, aber sicher einen Drehwurm. Vor seinen Augen begann alles zu verschwimmen. Ihm wurde schlecht.

„Stopp!", kreischte Naschi mit der Lautstärke einer Kreissäge. Die Trolle bremsten so schnell, dass Oskar dem Letzten in der Reihe gegen den Hintern bretterte.

„Ich habe einen Vorschlag zu unterbreiten!", rief die Fee.

„Was? Kapier nix", grunzte der Dicke.

„Ich habe eine Idee", sagte die Fee.

„Welche?", grunzte der Peitschentroll.

„Ihr fahrt meine Freunde hoch. Und dafür peitsche ich euch aus!", erläuterte die Fee ihre Idee den Trollen.

Die sahen sich fragend an und kratzten sich dicke Schuppen von ihrer Kopfhaut, die mit leisem Klirren auf dem Boden zerplatzten.

„Ihr Fahrstuhl fahren", begann die Fee von neuem, nur diesmal ganz langsam. „Hoch bis 40. Ich dafür peitsche euch!"

Und endlich, nach einer aus Oskars Sicht viel zu langen Bedenkzeit, fiel der Groschen.

„Aaah!", grunzten die Trolle und ließen die Keulen sinken. „Auspeitschen."

„Gute Idee!", grunzte der Riese unter den Trollen und packte sich einen der Stämme. Die anderen beiden folgten seinem Beispiel.

Oskar traute dem Frieden nicht. Misstrauisch beobachtete er, wie die Trolle die Kurbel umfassten.

„Nu macht hin!", fuhr Naschi sie an und hielt Oskar den Topf hin.

Oskar nahm ihn entgegen und tapste rückwärts in die reichlich zerbeulte Kabine, dabei hielt er Flo dicht hinter seinem Rücken. Keinen Moment ließ Oskar die Trolle aus den Augen.

Naschi schnappte sich unterdessen die Peitsche.

„Auf geht's!", schrie sie und legte los. Sie peitschte dem ersten Troll auf den Rücken und der rollte den Baumstamm.

Der Fahrstuhl wackelte auf der Stelle, dann setzte er sich quälend langsam in Bewegung.

Der 40. Stock

Im Schneckentempo rumpelten die beiden Drachentöter nach oben.

Sie hatten gerade mal den Keller verlassen, als eine kleine Scheibe in der Fahrstuhlwand hochfuhr und eine winzige Konzertbühne wie aus einem Puppenhaus herausklappte. Scheinwerfer tauchten die Bühne in weißes Licht.

Eine kleine rosa Frau in einem wallenden weißen Gewand kam mit einem Stuhl in der Hand auf die Bühne gerast. Sie stellte ihn ab, zischte wieder weg und kehrte gleich darauf mit einer kleinen Harfe zurück. Dann verbeugte sie sich tief, setzte sich auf den Stuhl, räusperte sich ausgiebig und begann zu singen, während sie sich dabei auf der Harfe begleitete. Oskar und Florian trauten ihren Augen und Ohren nicht.

Die kleine rosa Frau sang nicht nur kitschige Worte, die sie ohne jeden Zusammenhang aneinanderreihte, sondern auch Geräusche. Nervige Geräusche.

„Lieeeebe diiiich! Moooondschein! Trääääänen! Dipdidip, didipdipdipdiiep! Du mich nicht. Döpdöpdöpdededöpdöp-döp. Lieeeeebe! Blätter. Rörömröm. Kalte Füße!“

Oskar und Florian blieb der Mund offen stehen. Was da so kläglich und süßlich und ungefragt herummusizierte, war eine Sirene. Eine waschechte Fahrstuhlsirene!

Gertrude Eleonore Fisselstick äußert sich in ihrem Meisterwerk „Handbuch zur Bestimmung aller magischen und nichtmagischen Arten“ eher abfällig über Sirenen.

Sirenen sind eine akustische Katastrophe! Alle. Besonders Kaufhaus- und Fahrstuhlsirenen. Ihr dämliches Geträller, das man in jedem Fahrstuhl und jedem Kaufhaus erdulden muss, ist nicht zum Aushalten. Kein Wunder, dass die Casting-Show „Drachenhöhe sucht die Supersirene“, kurz DSDS, mit einer Einschaltquote von 0 Prozent als die mieseste und erfolgloseste Show aller Zeiten in die Annalen Drachenhöhes einging.
Im Übrigen bestehen die kleinen Biester nur aus Haut und Knochen und falsch montierten Stimmbändern und sind daher zum Essen ungeeignet!

In Oskar breitete sich erst Unruhe, dann Schmerzen, dann Wut aus. Er steckte sich die Finger in die Ohren, bis er es nicht mehr aushielt und mit einem Schlag die Klappe wieder in die Wand schlug und die Scheibe runterzog.

Das fürchterliche Geklimper erstarb, der grausliche Gesang endete so abrupt, wie er begonnen hatte.

„Banausen! Barbaren!“, krakeelte die Sirene und schlug mit ihren Fäusten von innen auf die Scheibe ein. Verglichen mit ihrem Gesang, empfand Oskar ihr Geschrei als deutlich wohlklingender.

Über dem Sprechrohr leuchtete eine Schrift auf.

Nächster Halt: 40. Stock

Dann verschwand die Schrift und eine neue leuchtete auf.

Wir danken Ihnen, dass Sie sich für eine Fahrt in unserem Fahrstuhl entschieden haben. Wir hoffen, es hat Ihnen gefallen, und würden uns freuen, Sie bald wieder in unserem Fahrstuhl begrüßen zu dürfen.

Und einen Augenblick später blinkte der letzte Hinweis:

> Ziel erreicht: 40. Stock. Endstation. Bitte alles aussteigen. Wir wünschen einen angenehmen Aufenthalt!

„Freundlich sind die Fahrstühle hier", sagte Florian anerkennend.

„Ja. Nur der ganze Rest ist voll arschig", antwortete Oskar und reckte seinen Kopf aus der Kabine.

Vor ihnen war ein langer Flur.

Niemand zu sehen.

Am hinteren Ende des Flurs stand der verwaiste Tisch des Wachpostens. Drei Stühle standen drumherum. Offensichtlich waren die Wachen, wie vermutet, abkommandiert worden und verrichteten ihren Dienst nun auf dem Bankett.

„Die Luft ist rein", flüsterte Oskar und nahm den Chilitopf.

Sie traten aus dem Aufzug – und schauten überrascht nach unten. Der Flur war mit einem dicken Teppich ausgelegt, so dick, dass Florian bis zu den Knöcheln in ihm versank.

Flo blickte den Gang auf und ab. „… zwölf, dreizehn, vierzehn. Vierzehn Türen gibt's hier! Weißt du, in welchem Zimmer Feuersturm lebt?"

Oskar sah auf den Plan. Naschi hatte nur acht Zimmer eingezeichnet. Offensichtlich war der 40. Stock nach Naschis

Entlassung noch mal umgebaut worden. Er schüttelte den Kopf. „Leider nicht. Ich fürchte, wir müssen in jedes Zimmer gucken, bis wir ihres gefunden haben."

„Oh Mann, das ist aber gefährlich."

Ich weiß, aber was Besseres fällt mir nicht ein, wollte Oskar gerade sagen, als ihm was Besseres einfiel: „Dran riechen!", sagte er.

„Riechen?"

„Wir schnuppern an den Türen. Drachen riechen doch so komisch. Etwas schwefelig. Ist dir das noch nicht aufgefallen?"

„Oooh doch", antwortete Florian.

„Okay. Du nimmst dir die rechte Seite vor, ich die linke."

„Einverstanden", sagte Flo und beide legten los. Vor jeder Tür blieben sie kurz stehen und atmeten tief ein.

„Ich glaube, ich hab es!", rief Florian bereits nach der dritten Tür.

Oskar lief gleich zu ihm. „Bist du dir sicher?", fragte er.

„Schon irgendwie. Es stinkt und außerdem steht ihr Name neben der Tür."

Am Türrahmen war ein kleines Namensschild angebracht. „Feuersturm" war darauf zu lesen, umrahmt von bunten Ballons und Herzchen.

Oskar drückte die Klinke runter. Die Tür schwang auf und beide traten ein.

Das Zimmer war quadratisch und groß. Sehr groß. Und es sah aus wie das Zimmer eines kleinen Mädchens, das gern eine Prinzessin wäre. Mit sehr viel Rosa und noch mehr Glitzerzeug. In der Mitte des Raums stand Feuersturms Käfig. Die vergitterte Tür war offen.

„Perfekt! Da muss der Topf rein!“ Oskar schleppte den Kessel in den Käfig. „Lass uns Stroh drüberlegen. Dann sieht man den Topf nicht gleich von außen.“

Florian bedeckte den Kessel so sorgfältig, dass Feuersturm ihn im Käfig finden, aber niemand ihn von außen versehentlich entdecken konnte.

„Moment!“, rief Oskar, gerade als sie das Zimmer verlassen wollten. „Lass uns noch ein bisschen Chili für deinen Drachen abzwacken!“

„Hat keinen Sinn. Brock lässt die Drachen nicht aus den Augen.“ Florian lächelte tapfer. „Keine Sorge: Ich werde

Fipsi schön was auf die Mütze geben", sagte er, wich dabei aber Oskars Blick aus.

Oskar schluckte. Fieberhaft überlegte er, wie er seinem Freund helfen könnte, als sie beide am Nacken gepackt und zu Boden gedrückt wurde.

„Wen haben wir denn da?", fragte eine tiefe Männerstimme. Aus dem rechten Augenwinkel sah Oskar in das aufgedunsene Gesicht einer Wache. „Wenn das mal nicht die Drachentöter Flinke Klinge und Honigbärchen sind!"

Oskar wand sich wie ein Aal. Er schlug mit den Armen wild um sich und traf die Wache im Gesicht.

„Aua! Meine Zähne! Na warte!" Der Elb drückte fester zu.

Florian strampelte wie ein Irrer. Aber der für einen Elb enorm stämmige Wachmann hielt seine Knie in ihren Rücken gedrückt und presste sie beide mit seinem ganzen Gewicht zu Boden. Oskar bekam kaum noch Luft. Sich zu bewegen war unmöglich. Es war aussichtslos. Die Wache hatte sie völlig unter Kontrolle.

„Wenn mir das keine Beförderung einbringt, dann weiß ich auch nicht weiter", freute sich der Elb und griff in die Tasche seiner Uniform. Er holte eine herzförmige Muschel heraus, klappte sie auf und sprach hinein.

„Hier Drachenwache Grog!"

Leise hörte Oskar die Antwort, während der Wachmann die Muschel an sein Ohr legte.

„Sprechen Sie, Drachenwache Grog!“

„Ich habe hier …“

Und bevor Grog seinen Fang melden konnte, zischte etwas über Oskar hinweg und haute der Wache volle Lotte eine rein. Der Elb verdrehte die Augen, als wollte er mal kurz einen Blick in sein Hirn wagen, und kippte nach hinten.

Oskar spürte, wie der Druck in seinem Rücken verschwand, und rappelte sich auf.

Die Wache lag auf dem Boden. Über ihm hockte ein geflügeltes kleines Wesen, so groß wie ein Papierkorb. Es trug ein weißes Kleidchen, hatte goldene Löckchen und pulte im Mund des Elben herum. Sie hatte einen roten Beutel in der Hand, in den sie nun eifrig ein paar Zähne steckte. Schon band sie den Beutel wieder zu, warf dem Wachmann ein paar Katzengold-Stücke auf den Bauch und flog aus dem Raum.

„Danke für die Hilfe!“, rief Oskar ihr nach, schnappte sich Florian und rannte ebenfalls aus dem Zimmer.

Zurück blieben der bewusstlose Wachmann und die Muschel, aus der noch eine ganze Weile „Hallo? Hallo?“ zu hören war, bevor das Gespräch schließlich mit einem missmutigen „Bestimmt wieder besoffen, der Idiot“ beendet wurde.

Oskar und Flo türmten durch den Flur, enterten den Fahrstuhl, schrien „Zwei Personen, Keller!“ in das Sprachrohr und der Fahrstuhl fuhr los.

Oskar lehnte sich gegen die Scheibe, hinter der die Fahrstuhlsirene noch immer wütete und empört gegen ihr Auftrittsverbot protestierte.

„Kunstbanausen! Zensur!!", schrie sie und bollerte kräftig – vermutlich mit dem Stuhl – gegen die versperrte Scheibe.

Kaum waren sie im Keller angelangt, stürmten sie aus der Kabine an den Trollen vorbei, schnappten sich Naschi und die erloschenen Fackeln, polterten zurück durch den Stollen der Mine, quetschten sich durch den Spalt und rutschten unter den strahlenden Blicken und Jubelrufen von Fluppe, Lisbeth und Horand lachend vor Erleichterung den Steinhaufen auf ihren Hintern herunter. Erst dann hielten sie inne.

Es dauerte eine Weile, bis sich Oskar, Florian und Naschi so weit beruhigt hatten, dass sie den anderen von ihrem Abenteuer berichten konnten. Haarklein erzählten sie, was vorgefallen war. Oskar und Florian schilderten, wie sie von der Wache überwältigt wurden und wie ihnen die Zahnfee bei der Flucht geholfen hatte.

„Die hat dem voll eine reingezimmert!", grölte Florian und machte eine Schlagbewegung, als wäre er selbst die Zahnfee.

Oskar erzählte immer wieder, wie er mit einem fröhlichen „Guten Tag zusammen" an den Trollen vorbeimarschiert und in den Fahrstuhl gestiefelt war. Während Naschi berichtete, wie sie die Trolle auspeitschen musste und die Trolle das super fanden.

„Denen juckt's ständig am Rücken. Wenn ihr mich fragt, liegt das daran, dass die sich nie waschen. Und mit ihren Händen kommen sie nicht an die juckenden Stellen. Deshalb ist so ein Schlag auf den Rücken richtig schön für sie."

„Die werden also nicht zum Dienst gezwungen?", wunderte sich Oskar.

„Nö. Die Trolle lieben diese Arbeit, auch wenn sie sie etwas kompliziert finden. Mal rechtsrum laufen und mal linksrum. Das ist für einen Troll eine schwierige Denkarbeit. Da scheitern die meisten dran."

„Sonderlich clever sind die wirklich nicht", lachte Oskar und Florian äffte die Trolle nach:

„Guten Tag. Einmal 40. Stock. Geht klar."

Die Stimmung war bombig. Fluppe hielt sich den Bauch vor Lachen, Horands Stimme dröhnte durch die Mine, Lissy kicherte, bis sie Schluckauf bekam, und sie alle mussten sich bald Lachtränen aus den Augen wischen.

Oskar fühlte sich sauwohl. Sie lachten nicht nur zusammen, er spürte auch, dass Lisbeth und Horand ihn für seinen Mut und seine Tatkraft bewunderten. Das fühlte sich großartig an. Oskar war sich nicht sicher, ob er sich jemals zuvor so gut gefühlt hatte.

Bis Horand sagte: „Jetzt muss Feuersturm nur noch das Chili essen."

Und damit kippte die Stimmung.

Das Lachen erstarb. Oskar war so glücklich und überwältigt gewesen, dass ihnen die Flucht gelungen war – Feuersturm hatte er glatt verdrängt. Sein Plan war noch nicht geglückt und das hier war kein Happy End. Das war maximal eine Happy Halbzeit.

Auch die anderen mussten schlagartig an den bevorstehenden Tag denken. Betretenes Schweigen setzte ein. Nur Fluppe hatte noch nichts kapiert. Er kicherte weiter und murmelte dauernd „Blöde Trolle" vor sich hin – bis Lisbeth ihm ordentlich in die Seite boxte.

Florian fand als Erster seine Stimme wieder.

„Die wird das Chili schon auffuttern", sagte er und klopfte Oskar aufmunternd auf die Schulter.

„Klar! Ganz sicher", rief Horand schnell.

„Einemilliontaufendmilliardenprofentig!", rief Fluppe. „Ich könnte da nicht widerftehen und würde den ganfen Topf raffaff auflecken!"

Das klang wie Musik in Oskars Ohren. Fluppe war schließlich Drache.

Oskar fasste wieder Mut. Seine Zuversicht war zurück. Und doch: Es blieb dabei. Den nächsten Schritt würde Feuersturm allein gehen – oder auch nicht. Es lag nun nicht mehr in ihrer Hand. Feuersturm musste das Chili verputzen oder alles war vorbei.

Oskar wälzte sich noch lange, nachdem die anderen eingeschlafen waren, unruhig in seinem Bett hin und her. Obwohl auch er todmüde war, fand er keinen Schlaf. Schließlich warf er die Decke beiseite, stand auf und trat ans Fenster.

Eiskristalle schmückten das Glas und vereinzelte Schneeflocken, dick wie Wattebäusche, trudelten gen Erdboden. Der Himmel war fast wolkenlos und pechschwarz wie eine mit Millionen Sternen bestickte Decke. Doch Oskar hatte kein Auge für die Schönheit, die sich ihm bot. Die Gedanken an den nächsten Tag, an das, was er bringen würde, liefen ihm nach wie ausgehungerte Hunde.

Würde sein Plan gelingen? Und wenn ja, was dann? Würde er wohl überhaupt jemals wieder nach Hause kommen?

Irgendwann riss Naschi ihn aus seinen trüben Gedanken. Sie hielt eine Tasse dampfenden Tee in der Hand. „Trink das. Du musst schlafen", sagte sie leise.

Oskar nahm die Tasse und leerte sie in einem Zug.

Der letzte Kampf

Am nächsten Morgen wachte Oskar als Letzter auf. Horand, Florian und Lisbeth weckten ihn erst nach der Drachenfütterung.

„Das Frühstück ist fertig", sagte Lisbeth.

Oskar war sofort hellwach. „Und, habt ihr schon was von Feuersturm gehört?", fragte er.

„Nein. Aber das heißt nichts. Sie würden uns eh nichts sagen, selbst wenn sie sich über Nacht in einen Hamster verwandelt hätte", beruhigte Lisbeth ihn.

Oskar schwang sich aus dem Bett. Er zitterte vor Anspannung. „Cool bleiben!", ermahnte er sich und trocknete seine verschwitzten Hände. „Du musst jetzt unbedingt cool bleiben."

Er setzte sich an den Tisch, der sich unter seiner köstlichen Last bog. Es war eine echte Henkersmahlzeit. Es gab Zuckerbrötchen. Knuspriges Brot. Marmelade aus „Lieblingsbeeren", die immer genau den Geschmack hatten, den man am liebsten mochte. Gesichtswurst mit den Gesichtern der Drachentöter und Käse ohne Löcher. Obstsalat, Schokokuchen, Vanillekrapfen und Spiegeleier aus Phönix-Eiern, die nicht nur köstlich waren, sondern auch gleich, nachdem man sie verputzt hatte, wieder auf dem Teller erschienen.

„Haut rein!", keuchte Naschi erschöpft. „Ich lege mich etwas hin."

Das Frühstück verlief in absoluter Stille. Niemand sagte ein Wort. Jeder war mit sich und seiner bevorstehenden Aufgabe beschäftigt.

Oskar nahm sich ein Brötchen und schmierte Marmelade drauf. Er stocherte in den Spiegeleiern rum und goss sich Tee ein. Er bekam keinen Bissen runter. Allein bei dem Gedanken an Essen wurde ihm schlecht.

Der Frühling vor dem Fenster versprach einen höllisch heißen Sommernachmittag. Er würde Flüssigkeit brauchen. Also zwang er sich dazu, wenigstens ein bisschen Tee zu trinken.

Kaum dass er die Tasse wieder abgestellt hatte, betrat Tycho Strahllocke in seiner prächtigsten Aufmachung den Raum, wie immer begleitet von dem Kerkerriesen. Tychos Haare waren mit diamantbesetzten Klammern geschmückt. Sein komplettes Gewand war aus elbischer Seide und schimmerte silbern. In der Hand hielt er seinen auf Hochglanz polierten Zeremonienstab.

Tycho strahlte. Seine Augen leuchteten. Er grinste von einem Ohr zum anderen, als er ausrief: „Drachentöter! Freunde! Todgeweihte Helden! Der Tag, auf den wir alle so lange gewartet, ich möchte sogar sagen, den wir herbeigesehnt haben, ist endlich gekommen! Heute werdet ihr entweder euer grausames Ende finden oder in die Ruhmeshalle der unbesiegten Drachentöter Einzug halten! Was ich nicht glaube. Aber es liegt an euch. Auf, auf! Der Tod wartet nicht gern!"

Brock packte Florian am Kragen und hob ihn hoch.

„Hey, loslassen!", ächzte Florian.

„Loslassen", wiederholte Horand.

Brock ließ Florian auf den Stuhl zurückplumpsen.

„Na, na. Wer wird sich an solch einem besonderen Tag denn streiten?", versuchte Tycho die Stimmung zu retten.

Vergeblich. Horand und Brock belauerten sich wie zwei Wölfe, die sich um eine Portion Reh streiten. Horand knurrte Brock an. Brock knurrte zurück.

Schließlich stand Lisbeth auf. Sie legte ihre Waffen in voller Montur an: Pfeil und Bogen, das Schwert und ihr kleines Messer.

„Ich bin so weit", sagte sie.

„Bereit", sagte auch Florian und schob seinen Teller zurück. Er sollte seine Waffe erst in der Arena ausgehändigt bekommen.

Horand überprüfte ein letztes Mal die Schärfe seiner Waffen, indem er mit dem Daumen über die Klingen fuhr. Er grunzte zufrieden, steckte das Langschwert links, die Axt rechts ein, lutschte sich das Blut vom Daumen und brummte: „Bereit!"

Oskar war noch nicht so weit. Und bereit war er ganz und gar nicht.

Aber los musste er trotzdem.

Wie immer marschierte Tycho ihnen voraus. Brock stapfte ihnen hinterher, damit keiner auf die Idee kam, abzuhauen und sich zu verstecken. Nach wenigen Minuten erreichten sie die Arena. Der Weg dorthin war Oskar noch nie so kurz vorgekommen.

Wie schon bei ihrem ersten Drachentöterauftritt ließen sie sich von den Teleskopstangen in die Arena heben. Diesmal allerdings ohne Holzkisten, sie standen einfach auf einer Plattform. Als sie auftauchten, erhoben sich die Zuschauer des bis auf den letzten Platz gefüllten Stadions und begrüßten sie mit kräftigem Applaus. Die Stimmung war nicht euphorisch, aber durchaus wohlwollend. Alle freuten sich auf das bevorstehende Gemetzel.

Es war ein herrlicher Frühsommertag. Das Stadion war prächtig herausgeputzt. Tausende Fahnen flatterten im Wind. Girlanden und bunte Lampions, groß wie Heißluftballons, schmückten die Logen der feineren Gäste. Die Berglandschaft der Kampffläche funkelte blitzblank in der Sonne. Auch die Soldaten der Königin, die rund um das Spielfeld postiert waren, funkelten in ihren Paraderüstungen, als wären sie Statuen aus purem Gold.

Die Königin war bereits anwesend. Sie saß mit ihrem Gefolge in der Loge und glotzte aus ihren kleinen Schweinsäuglein zu ihnen herunter. Oskar wusste nicht, warum, aber er wurde das Gefühl nicht los, dass sie nur Augen für ihn hatte.

Hasserfüllte Augen.

Tycho trat vor. Er breitete seine Arme aus.

„Bürger von Drachenhöhe!", rief er mit seiner einschmeichelnden Stimme. Das Publikum verstummte. Wie hypnotisiert hingen die Zuschauer an Tychos Lippen – was der in vollen Zügen genoss.

„Im Namen der Drachentöter und unserer liebreizenden Königin Elder Sarina begrüße ich euch alle zum …"

Tycho legte eine Pause ein, bevor er, so laut er nur konnte, weiterschrie: „Drachenkampftag!" Er wirbelte auf der Stelle wie ein Derwisch und schlug mehrfach mit seinem Zeremonienstab auf den Boden.

Fanfaren ertönten und Feuerwerksraketen schossen in die Luft und explodierten. Feuerkugeln tauchten den Himmel in tausend Farben. Ein Platzregen aus glänzendem Konfetti ergoss sich über die Arena. Die Zuschauer rasteten aus.

Es wurde gejubelt und geschrien, Fahnen und Wimpel geschwenkt und Tröten getrötet.

Wieder schlug Tycho auf den Boden und die Zuschauer beruhigten sich.

„Meine Freunde, meine lieben, lieben Freunde … Leider, leider habe ich euch eine kleine Programmänderung mitzuteilen."

Tycho wirkte geknickt. In den Zuschauerrängen raunte es und Oskars Herz machte einen Hüpfer.

„Feuersturm. Unsere geliebte Feuersturm. Der stolze Drache unserer Lieblingskönigin, der ehrenwerten wie schönen Königin Elder Sarina, fühlt sich etwas unpässlich."

Ein Raunen erhob sich im Publikum. Einige Zuschauer schrien ihre Enttäuschung heraus und oben im Block 55 auf Platz 46 667 fiel ein Elf vor Schreck in Ohnmacht.

Wieder machte Oskars Herz einen Hüpfer.

Kalter Schweiß stand ihm auf der Stirn.

Hatte es geklappt?

Durfte er gegen Fluppe antreten?

Es sah alles danach aus.

Auch Horand und Lisbeth grinsten, während Florian ihn freudig in die Seite stupste.

„Sie hat wohl etwas Falsches zu essen bekommen!", jammerte Tycho mit tieftrauriger Stimme und einem bösen Blick zu Oskar.

Der spielte den Erstaunten.

„Aber …", fuhr Tycho fort.

Aber?, dachte Oskar. Wieso aber? „Aber" gefiel ihm gar nicht.

„Aber dank der wundersamen Heilkraft unserer mit Weisheit gesegneten Majestät freue ich mich …"

Nicht freuen. Nicht freuen, schoss es durch Oskars Kopf. Für euch gibt es nichts zu freuen.

„… euch mitteilen zu können, dass Feuersturm wieder genesen ist!"

„Oh nein", flüsterte Lisbeth und Horand biss die Zähne zusammen.

Jetzt flippte das Publikum total aus.

„Feu-er-sturm! Feu-er-sturm!", skandierten sie aus voller Kehle.

Oskars Ohren klingelten. Er war wie betäubt. Florian flüsterte ihm etwas zu. Aber er hörte nicht hin.

„Allerdings … allerdings …", Tycho wartete wieder, „… müssen wir ein wenig umdisponieren. Gedacht war ihr Kampf natürlich als absoluter Höhepunkt am Ende des Kampftages: die mächtige Feuersturm gegen Drachentöter Honigbärchen. Aber wir wollen kein Risiko eingehen, ein Rückfall ist jederzeit möglich. Darum ziehen wir den großen Kampf vor und beginnen mit dem Höhepunkt: Begrüßt nun mit mir … unseren Lieblingsdrachen … Feuersturm!"

Tycho stand stramm da, sah und zeigte mit seinem Zeremonienstab in den Himmel. Alle Zuschauer folgten seinem Blick. Und da war er.

Der mächtigste Drache aller Zeiten.

Feuersturm.

Mit kraftvollen Flügelschlägen stand sie in der Luft. Dann zog sie ihre Schwingen ein und stürzte zu Boden. Kurz bevor sie auf den Felsen der Arena zerschellte, breitete sie wieder ihre Flügel aus und raste dicht über der gebirgigen Landschaft auf die Drachentöter zu. Als sie nur wenige Zentimeter über deren Köpfe hinwegschoss, brüllte sie so markerschütternd, dass sich Oskar und Florian vor Schreck auf den Boden warfen.

Der Drache flog wieder aufwärts und stieß einen mächtigen Feuerstoß nach dem anderen aus. Ein einziger davon hätte genügt, um ganz Waldende in Schutt und Asche zu legen.

Die Zuschauer waren außer Rand und Band, als Feuersturm auf ihrer Startposition landete und einen weiteren Feuerstoß gen Himmel schickte.

„Und hier ist ihr Gegner, klein, aber oho! Der wagemutige, tollkühne, lebensmüde Drachenritter Honigbärchen!" Tycho packte Oskar am Arm und stellte ihn unsanft auf seine Beine. Er drückte ihm ein Kurzschwert in die Hand und stieß ihn in die Arena.

Das Publikum klatschte und lachte. Einige wedelten mit Fahnen, auf denen Oskars Gesicht abgebildet war. Ein paar Honigbärchen-Kuscheltiere flogen in die Arena.

Tycho Strahllocke verbeugte sich vor der Königin. „Möge der Bessere gewinnen! Der spektakuläre Kampf Drachentöter Honigbärchen gegen die mächtige Feuersturm hat begonnen!“, schrie er und löste sich in Luft auf.

Oskar wusste nicht, wie ihm geschah.

Er fühlte sich wie im falschen Film. Alles war so schnell gegangen.

Hatte Tycho nicht gerade gesagt, Feuersturm sei krank? Und nun sollten sie auf einmal gegeneinander kämpfen? Irgendwo hörte er Feuersturm schnauben.

Also gut. Oskar schüttelte sich. „Reiß dich zusammen“, ermahnte er sich und rannte zum ersten Felsen. „Was tun?“, brabbelte er vor sich hin. „Ich brauche einen Plan. Eine Strategie. Tycho erwähnte einen möglichen Rückfall.“ Oskar beschloss, auf Zeit zu spielen. Sich zu verstecken. Anders als im Training, wo ihm der Drache jedes Mal blitzschnell seine Grenzen aufgezeigt hatte.

Was hatte er im Training getan? Er war voranmarschiert, hatte hohe Felsen erklommen, um den Drachen früh zu entdecken.

Diesmal musste er alles anders machen, um den Drachen zu überraschen. Statt sich weiter fortzubewegen wie sonst, blieb er genau da, wo er war. Erst als er die schweren Schritte Feuersturms hörte, die immer näher kam, robbte er auf dem Bauch liegend weiter und kauerte sich hinter einen anderen Felsen.

Bum. Bum. Bum.

Feuersturms Pranken ließen die Erde um Oskar herum erzittern.

Der Drache der Königin war ungeduldig. Er brüllte wütend und drehte sich im Kreis und schoss hinter jeden Felsen einen Feuerstoß. Oskar blieb flach auf dem Boden liegen und rührte sich nicht.

Der Drache stampfte fauchend und kam, immer wütender, allmählich näher.

Oskar robbte weiter zum nächsten Felsen. Er suchte bewusst nur hinter den kleinen, flachen Felsen Schutz, ganz anders als im Training, wo er die großen Brocken aufgesucht hatte. Feuersturm brüllte vor Wut und das Publikum wurde unruhig. Sie buhten Oskar aus, feuerten Feuersturm an und schrien ihr Hinweise zu.

Erst roch Oskar etwas, dann spürte er den Atem von Feuersturm in seinem Nacken und dann sah er sie.

Sie war direkt über ihm.

Oskar sah ihr in die Augen. Feuersturm war wütend. Sehr wütend. Aus ihren Lefzen tropfte schaumiger Speichel. Ihre Augen leuchteten rot wie glühende Kohlen.

Der Drache schrie seinen Hass in die Luft. Oskar hielt sich die Ohren zu. Dann senkte der Drache den Kopf, riss sein breites Maul auf – und machte: „Oh, oh."

Wie eine Mondrakete schoss Feuersturm in die Luft. Feuerstöße knallten aus ihrem Hintern, als hätte sie Silvesterböller gefuttert. Anscheinend war die Wirkung ihrer Medizin verflogen, denn nun begann sie auch, pures Feuer zu rülpsen. Mit jedem Pups und jedem Rülpser verlor der Drache mehr und mehr die Kontrolle über sich. Wurde er von seinen Pupsen hochgeschossen, sorgten die Rülpser nun dafür, dass er kreuz und quer wie ein angepikster Luftballon durch die Luft sauste, höher und höher, bis er nach einem besonders lauten, tiefen Rülpser hinter dem Horizont verschwand.

Feuersturm war weg.

Oskar stand auf. Kein Mucks war zu hören. Das Publikum war zu entsetzt, um sich zu rühren.

Nur in der Loge der Königin herrschte hektische Betriebsamkeit. Elder Sarina schien sich mit Tycho zu beratschlagen. Tycho nickte und stand eine Millisekunde später neben Oskar in der Arena und hob seinen Stock. Völlig umsonst. Es war totenstill in der Arena. Das Publikum befand sich noch immer in einer Art Schockstarre. Keiner bewegte sich.

„Liebe Freunde des Drachenkampfs! Wir alle sind fassungslos, empört und traurig. Welch unerwartete, dramatische Wendung an diesem großen Kampftag!"

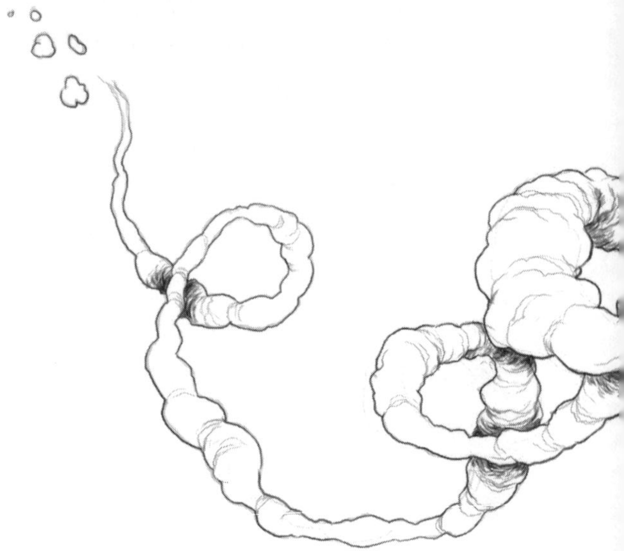

Der Zeremonienmeister erhob sein Haupt. „Aber die Show muss weitergehen!“, rief er aufmunternd. „Daher wird nun Fluppe, unser junges Talent, Feuersturms Stelle einnehmen! Er ist gierig, er ist wild, er will töten! Hier ist Fluppeeeee!“

Im Hintergrund sah Oskar, wie zwei Wachen Fluppe in die Arena führten und seine Fußfesseln lösten. Seine Flügel blieben angekettet.

„Der Kampf beginnt!“

Diesmal fiel der Applaus des Publikums deutlich zaghafter aus.

Oskar hatte keine Zeit nachzudenken. Er raste in die Mitte der Arena, wo Fluppe schon auf ihn wartete und ihn mit einem Augenzwinkern begrüßte. Fluppe legte sich mächtig ins Zeug. Er brüllte und schlug mit den Krallen nach Oskar, der den Schlägen aber mühelos ausweichen konnte. Oskar wiederum hob das schwere Schwert und schlug knapp neben Fluppe in den Boden. Sie mussten, das war ihnen klar, das Publikum davon überzeugen, dass sie einen Kampf auf Leben und Tod austrugen. Und dann, als beide müde wurden und sich die Unruhe im blutdurstigen Publikum immer breiter machte, spuckte Fluppe Oskar eine Ladung dampfiger Spucke ins Gesicht.

Beide verschwanden in einem dichten Nebel. Das war ihre Chance. Fluppe schrie, so laut er konnte: „Ich bin getroffen!“, und ließ sich auf den Boden fallen.

Oskar blieb mit gesenktem Schwert neben dem Drachen stehen.

Als sich der dichte Wasserdampf verzog, jubelte ihm das Publikum zu.

Oskar keuchte und lächelte in die Menge.

„Sieg! Sieg! Ein Sieg für unseren Neuling Drachentöter Honigbärchen!“, rief Tycho, der lautlos neben ihm aufgetaucht war. „Aber was wird die Königin verlangen? Wird sie den Drachen verschonen oder muss ihn Drachentöter Honigbärchen ein für alle Mal erledigen?“

Gebannt starrten Tausende von Augenpaaren auf die Königin. Die zeigte nach einer kurzen Bedenkzeit mit ihrem Daumen nach unten.

Keine Gnade. Der Drache muss sterben.

„Der Drache muss sterben!“, jubelte Tycho und das ganze Stadion jubelte mit.

„Töte den Drachen“, zischte Tycho Oskar zu.

Das Publikum raste vor Freude.

Oskar blieb wie angewachsen stehen.

Wieder zeigte die Königin mit ihrem Daumen nach unten.

Wieder tat Oskar nichts.

Niemals würde er seinen Freunden etwas antun. Niemals. Eher würde er selbst sterben.

Die Zornesröte stieg in das quallige Gesicht der Königin.

Das Publikum wurde unruhig. Alle rutschten auf ihren Stühlen herum und tuschelten. Sogar Tycho Strahllocke hatte sein Lächeln verloren.

„Töte jetzt diesen Scheißdrachen! Oder du wirst ebenfalls sterben!“, fuhr er Oskar an.

Auf einen Wink von ihm spannten Tausende Soldaten zeitgleich ihren Bogen. Alle zielten auf Oskar und Fluppe.

Oskar hob das schwere Schwert über seinen Kopf. Er schwankte dabei. Aber er schlug nicht zu. Fluppe spielte weiter den besiegten Drachen. Fest presste er seine Augen zu. Oskar sah, dass Fluppe vor Angst am ganzen Körper zitterte.

Auf einmal schoss Oskar ein Gedanke durch den Kopf.

Was hatte der merkwürdige Mann im Drachenloch noch mal gesagt? Es schien Ewigkeiten her zu sein …

„Nutze den Drachen für den Himmel.“

Und hatte er nicht in Naschis Drachenbuch gelesen, dass Drachen große Lasten über weite Strecken tragen konnten?

Oskar zögerte nicht. Er ließ sein Schwert niedersausen und zerschlug die Kette um Fluppes Flügel. Dann schwang er sich auf seinen Rücken und schrie: „Steh auf! Flieg, Fluppe! Flieg!“

Fluppe schlug mit seinen Flügeln. Und langsam, ganz langsam erhoben sie sich in die Luft.

„Ich fliege!“, kiekste Fluppe.

„Hol die anderen!“, schrie Oskar ihm ins Ohr. Und Fluppe drehte bei, rauschte zu Horand, Lisbeth und Florian, die gebannt am Rand der Arena zusahen.

„Steigt auf! Schnell!!“, schrie Oskar und reichte ihnen seine Hand.

Die Zuschauer tobten. Sie buhten und pfiffen. Sie waren gekommen, um jemanden sterben zu sehen, und nicht, wie er Reißaus nahm.

Die Königin tobte in ihrer Loge.

„Tötet sie! Tötet sie alle!“, kreischte sie ihre Soldaten an.

Die stürmten mit gezogenen Waffen auf die Drachentöter zu. In der zweiten Reihe schossen die Bogenschützen ihre Pfeile ab.

„Au!“, rief Fluppe, den ein paar Pfeile getroffen hatten. „Das tut weh!“

Lisbeth und Horand zogen ihre Schwerter.

„Jetzt geht's ab“, grinste Lisbeth.

„Kommt ihr nur!“, knurrte Horand.

Wie eine zum Sprung bereite Raubkatze ging Lissy in die Hocke, bereit zum Kampf.

Und Horand, der breitbeinig an ihrer Seite stand, schlug ihr auf den Kopf. Lisbeth sackte ohnmächtig zusammen.

„Was? Was machst du da?", schrie Oskar. War Horand ein Verräter?

Der bückte sich, nahm Lissy und warf erst sie, dann Flo auf den Rücken des Drachen.

„Verschwindet! Ich kümmere mich um die Bogenschützen!", knurrte Horand und zog mit der freien Hand seine Streitaxt. „Pass auf Lisbeth auf, Drachentöter!" Seine Augen leuchteten und ein Lächeln umspielte seine Mundwinkel, als er mit gezücktem Schwert und erhobener Axt auf die Wachen zulief. Ein letztes Mal drehte er sich um: „Fliegt! Los, fliegt!"

Wie ein Eisbrecher schlug er eine Schneise durch die Soldaten und raste im Pfeilgewitter weiter zu den Bogenschützen.

Fluppe schwang seine Flügel und stieg weiter auf. Immer höher.

Pfeile schossen zischend um ihre Köpfe. Dann war es vorbei.

Oskar sah nach unten. Sah, wie Horand eine Wache nach der anderen erledigte. Sah, wie die Bogenschützen panisch vor ihm flohen und wie immer mehr Schwertkämpfer auf

Horand zustürmten, bis man den Drachentöter unter all den Feinden nicht mehr erkennen konnte.

Dann traten die Soldaten der Königin zurück und gaben ein letztes Mal den Blick auf Horand frei. Er lag im Staub. Alle viere von sich gestreckt. Seine Streitaxt lag im Sand. Sein mächtiges Schwert war zerbrochen.

Horand war tot.

„Wohin?", fragte Fluppe.

„Egal", sagte Oskar, weil es egal war.

Er hatte einen Freund verloren. Einen, der sein Leben für ihn gegeben hatte.

Kerzengerade schraubte sich Fluppe höher in den Himmel. Höher und immer höher, bis sie unerreichbar waren für alle Zauber und Pfeile, die auf sie abgefeuert wurden.

Die Kampfgeräusche und das Geschrei der entfesselten Zuschauer verstummten. An Fluppes Hals geklammert, wagte Oskar einen kurzen Blick nach unten. Das kolossale Stadion war auf die Größe einer Streichholzschachtel zusammengeschrumpft.

„Oskar! Hilf mir! Ich kann sie nicht mehr halten!"

Florian hielt sich nur mit einer Hand am Rücken des Drachen fest. Mit der anderen umklammerte er die zwischen ihm und Oskar liegende Lissy. Florian gingen die Kräfte aus und Lissy rutschte seitlich ab.

Oskar versuchte die Drachentöterin zu packen. Aber sein

Griff ging ins Leere. „Ich komm nicht ran!“, schrie er. „Zieh sie hoch, nur ein kleines Stück!“

Florian mobilisierte seine letzten Kräfte. Sein Gesicht war rot und verzerrt vor Anstrengung. Und er schaffte es. Er zog Lissy wieder ein Stück nach oben. Nicht viel, aber weit genug, dass Oskar ihren Arm zu fassen bekam.

Dann endlich brach Fluppe den Steigflug ab. Sachte ließ er sich nach vorne kippen und flog wie ein Segelflugzeug weiter.

Hinter seinem Rücken hörte Oskar Florian gleichzeitig keuchen und schluchzen.

Ja, Oskar hatte einen Freund verloren. Doch er spürte, dass die drei Freunde, die ihm geblieben waren, ihn noch brauchen würden. So wie er sie. Denn eines wusste Oskar ganz genau: Egal, wo der Drache sie hinbringen würde – ihr Abenteuer hatte gerade erst begonnen.

Epilog

Nach der Flucht der Drachentöter sah sich die Hexe Gertrude Eleonore Fisselstick dazu genötigt, einen Absatz in ihrem „Handbuch zur Bestimmung aller magischen und nichtmagischen Arten“ zu überarbeiten.

In der 7887. Auflage lautet der Eintrag unter „Menschen“ nun:

Strohdumme Idioten und feige Spielverderber!
Schmecken nicht. Nicht mal mit grünen Bohnen.

Oskar ist frei. Aber zu welchem Preis?
Sein mächtiger Freund Horand ist tot.
Und nun? Wo sollen sie hin?
Während Oskar sich in den roten Herbsthimmel erhebt, wird ihm klar, dass das Abenteuer gerade erst begonnen hat. Denn er hat Freunde gefunden, die ihm vertrauen und auf ihn zählen: eine tapfere Drachentöterin, die nun kein Zuhause mehr hat, ein kleiner Junge, der zurück zu seinen Eltern will, und einen zahmen Drachen, der auf sich allein gestellt kaum überleben kann.
Und noch etwas ist Oskar klar: Er hat sich eine Menge Feinde geschaffen. Und wird eine Menge Mut brauchen.
Denn die Geschichte von Oskar, dem Drachentöter wider Willen, ist noch lange nicht zu Ende erzählt ...

Leseprobe aus dem zweiten Band

(Dieses Abenteuer erscheint im Herbst 2016.)

Als Oskar am nächsten Morgen erwachte, war die Höhle bis auf Fluppe, der in einer Ecke leise vor sich hin schnarchte, bereits verwaist. Fluppe hatte sich auf weichem Moos wie ein Hund zusammengerollt. Sein verletzter Flügel hing ihm schlapp und schief von der Schulter und zitterte bei jedem Atemzug.

Oskar warf die Decke zur Seite. Er fühlte sich gut. Richtig erholt und voller Tatendrang. Jetzt noch ein gutes Frühstück, möglichst ohne Krötenarsch oder Brokkoli, und dann nichts wie los!

Oskar wollte so schnell wie möglich bei den Waldelben sein und dann so schnell wie möglich zum Brodelnden See. Dann nach Hause wünschen und sein Albtraum würde ein Ende finden. Endlich! Oskar grinste über beide Backen, als er an zu Hause dachte und daran, bald nicht mehr ständig in Lebensgefahr zu schweben.

Vor der Höhle erwartete ihn ein wunderbarer Frühlingsmorgen. Sonnenstrahlen brachen durch die Baumkronen und kitzelten seine Nase. Prächtig singende Vögel wurden von schimpfenden Elfen aus ihren Bäumen gejagt. Schillernde Schmetterlinge flatterten über die Lichtung, auf der bereits ein Feuer loderte.

Wei bereitete das Frühstück zu.

„Ich hoffe, du hast Hunger!", begrüßte ihn die Riesin und wedelte mit dem Löffel, mit dem sie gerade noch die Eier in der Pfanne rumgeschubst hatte. Heißes Fett regnete auf Oskars Gesicht.

„Autsch!" Oskar hopste rückwärts und wischte sich schnell das brutzelnde Öl mit seinem Ärmel von der Haut.

„Oh, verzeih bitte!", entschuldigte sich Wei.

Oskar winkte ab. „Macht nichts, Wei. Geht schon wieder." Von ein paar kleinen Brandblasen ließ sich Oskar heute garantiert nicht die Laune verderben.

Die Riesin schaufelte einen Napf mit Spiegeleiern voll und legte eine Scheibe Brot dazu. Dann beugte sie sich zu Oskar hinunter und überreichte ihm sein Frühstück.

„Danke schön." Oskar blickte sich um. „Aber wo sind denn die anderen? Ist Flo etwa schon aufgestanden?"

„Vor ein paar Minuten." Hadfi nickte. „Er ist in der warmen Quelle und will gucken, ob die Putzerfische ihm auch die Zähne putzen. Hadfi ist jagen und Lisbeth und Hinnerdir sind bereits aufgebrochen."

„Sie sind weg?“

Oskar hatte ein Gefühl, als hätte man ihm einen Schlag in den Magen verpasst. Wie konnte Lissy einfach so gehen? Wenigstens verabschieden hätte sie sich können!

„Sie haben dir Nachrichten hinterlassen.“ Wei holte zwei zusammengefaltete Zettel aus ihrer Schürze.

Während Oskar sein Frühstück hinunterschlang, entfaltete er die Briefe und begann zu lesen.

Die erste Nachricht war von Hinnerdir.

Lieber Oskar,

um das Reich der Waldelben zu erreichen, müsst ihr die „Weißen Reiter“ überwinden, ein schneebedecktes Gebirge, das Drachenhöhe von Elbland trennt. Es gibt einen Pass, der durch die Berge führt. Er ist eng und gefährlich. Aber der einzige Weg.

Bevor ihr ins Gebirge aufbrecht, folgt dem Fluss Reißwasser bis zur Stadt Dunkelpfuhl. Nehmt euch in Acht dort, vor allem nachts! In dem dreckigen Nest treiben sich mehr zwielichtige Gestalten herum als sonst wo auf der Welt ... Sucht die Gastwirtschaft „Zum torkelnden Ritter“ und fragt nach dem Wirt, ein Mann namens Berghund. Er wird euch weiterhelfen.

Eins noch: Solange ihr die Grenzen von Drachenhöhe nicht verlassen habt, seid auf der Hut vor den Häschern der Königin. Die Krähen berichten von Patrouillen und Spähern im unendlichen Wald und sogar in Dunkelpfuhl. Erst wenn ihr die Weißen Reiter überwunden habt, seid ihr vor ihnen sicher. Nach Elbland wird sich kein Soldat der Königin wagen.

Ich wünsche uns allen viel Glück. Wir werden es brauchen können.

Dein Freund
Hinnerdir

Oskar hatte schon angenehmere Nachrichten erhalten. Bevor er den Zettel zusammenfaltete und in seine Hosentasche steckte, versuchte Oskar, auf Nummer sicher zu gehen und sich alle wichtigen Informationen einzuprägen. Reißwasser. Dunkelpfuhl. „Zum torkelnden Ritter". Berghund und die Weißen Reiter. Dann nahm er sich Lisbeths Nachricht vor.

Auf dem kleinen Zettel standen nur zwei Wörter:

MISSTRAUE HINNERDIR!

Frank Schmeißer arbeitete mehrere Jahre als Buchhändler (unter anderem in Rom), bis er irgendwann beschloss, selbst zu schreiben. Er schrieb Drehbücher fürs Fernsehen (zum Beispiel für „TV Total“ und „Stromberg“). Sein erstes Kinderbuch „Schurken überall“ wurde mehrfach ausgezeichnet, unter anderem mit dem „Urzeitroboter 2012“ als lustigstes Kinderbuch des Jahres. Frank Schmeißer lebt mit Frau und zwei Katzen in Köln. Die haben ebenfalls Haarausfall. Allerdings nicht täglich.

Helge Vogt malt, zeichnet und illustriert Kinderbücher, Comics und Graphic Novels, zum Beispiel den erfolgreichen romantischen Gruselcomic „Alisik“. Drachen und Kobolde zeichnet er ziemlich gern, aber am allerliebsten malt er Kerkerriesen. Die gibt es in seiner Heimatstadt Berlin nämlich wirklich.

Weitere Bände in Vorbereitung.
„Die Legende von Drachenhöhe"
gibt es überall im Buchhandel
und auf www.carlsen.de

MIX
Papier aus verantwortungsvollen Quellen
FSC® C014496

Umschlag und Innenillustrationen: Helge Vogt
Umschlaggrafik: Sabine Reddig
Lektorat: Claudia Scharf
Satz: Dörlemann Satz, Lemförde
Innengestaltung & Herstellung: Constanze Hinz
Druck & Bindung: GGP Media GmbH, Pößneck
ISBN 978-3-551-65304-8

Printed in Germany